一县三长

津子围 著

江苏凤凰文艺出版社

图书在版编目（CIP）数据

一县三长 / 津子围著. —南京：江苏凤凰文艺出版社，2024.8
ISBN 978-7-5594-4721-0

Ⅰ.①一… Ⅱ.①津… Ⅲ.①中篇小说-小说集-中国-当代②短篇小说-小说集-中国-中国 Ⅳ.①I247.7

中国版本图书馆CIP数据核字（2022）第187669号

一县三长

津子围 著

出 版 人	张在健
责 任 编 辑	张 倩
责 任 印 制	杨 丹
装 帧 设 计	张合涛
出 版 发 行	江苏凤凰文艺出版社
	南京市中央路165号，邮编：210009
网 址	http://www.jswenyi.com
印 刷	江苏扬中印刷有限公司
开 本	787毫米×1092毫米 1/32
印 张	6.125
字 数	125千字
版 次	2024年8月第1版
印 次	2024年8月第1次印刷
标 准 书 号	ISBN 978-7-5594-4721-0
定 价	48.00元

江苏凤凰文艺版图书凡印刷、装订错误，可向出版社调换，联系电话 025-83280257

目录

001 黄金埋在河对岸

043 一县三长

113 鸣桥

147 裂纹虎牙

159 狼毫毛笔

175 宁古塔逸事

黄金埋在河对岸

一

　　故事中的小镇在民国初年叫曹六营子，中东铁路修建的时候，那里只剩一些坍塌的土坯房子，修铁道的"老伯代"（指苦力）曾在那里住过。铁路通车后，那个地方有了一个站点，一个丁字形的俄式房子，黄色的墙，墨绿色的铁皮房顶。站长是地中海来的黑毛子，叫尤拉。与他同住的还有一个人高马大的白俄太太，棕麻似的头发，脸上还有不少雀斑。那个小站也叫八站。起初冷冷清清，只有一个货场和一些季节性的搬运工。到张宗昌镇守绥芬河那阵子，为筹军饷开了大烟禁，并且开展起边境贸易，曹六营子也跟着繁荣起来。一些种大烟的、淘金的，做各种各样买卖的人多了起来。这样，小镇的土街上就布满了身形高矮胖瘦、口音南腔北调的各色人等，十字土街也花花绿绿，色彩复杂起来。

　　曹六营子有一个货栈，号"富源"，虽然买卖不算大，在小镇却是最有势力的。原来，"富源"是东部地区赫赫有名的

"傅宁"公司的分号。说起傅宁公司,那可有来头了,追根可追到清朝末年。那时候朝廷鼓励官垦,从关内和俄境召回了大批流民,几年的工夫就开垦了大片大片的生荒地。清朝廷倒台以后,财产自然归到了新掌政权的中华民国政府,成立了公司来管理。后来,公司发生了分化,一大半儿以股份的形式卖给了晋籍(山西)商人黄启镶。黄启镶天生就是个商人的坯子,人长得虽然瘦小,猴头八相,脑袋却灵活得不得了。黄启镶成立"傅宁"公司之后,并没把自己的主要精力放在农垦和农作物经营上。他善于审时度势,把握时机,利用张宗昌创造的商业机会,狠狠地大捞了一阵子。黄启镶的主要精力在贸易上,他的贸易伙伴多半是被俄国革命赶到远东和中国境内的沙皇时期的俄国贵族。与此同时,他还搞了一些民族工业,比如五站的火磨面粉厂,交界顶子的金矿,等等。

黄启镶有钱了,势力也大了。几年之后,在东部地区提起黄启镶,地方官员、当地豪绅、驻军,甚至拉绺子的胡子也都承让三分,给足他面子。人就是这样,人性上总有弱点,在黄启镶还没成气候的时候,他的行为多少还是收敛的,可当黄启镶富甲一方,财大气粗之后,就开始奢靡了,霸气劲儿也上来了。与有些暴发户不同,黄启镶不抽大烟,可黄启镶好色。凡他见到的有姿色的女子,只要他看上,总想方设法搞到手。所以,那几年,黄启镶也干了一些欺男霸女的事,落得些坏名声。

眨眼又几年过去了,张大帅率部入关,这一带被吉林军换防。而就在这个时候,民国政府因中东铁路问题与俄铁路当局发生了冲突，双方决定开仗。于是，突然在一天早晨，曹六营子进驻了不少部队。

驻防曹六营子的是一个步兵团，团长是个相貌英俊、书生气十足的年轻人，时年三十一岁，他叫宋岱骧，里城金州厅（现辽宁省大连市金州区）人，出身旧官僚家庭，毕业于日本士官学校。宋岱骧出现在曹六营子时，穿着笔挺的军装，他身后跟着警卫，勤务兵牵着枣红色的蒙古马，威风凛凛，走过显然不如往日喧扰但仍繁华的十字街，吸引了很多人的目光。

宋岱骧到曹六营子的当天晚上，喜欢拍马屁的属僚就在"迎春院"给宋岱骧选好了姑娘，并在迎春院喝起了花酒。迎春院是曹六营子最有名气的妓院，两层拱角相倚的小楼，青砖青瓦，飞檐上描龙画凤，镏金的匾额下挂着大红灯笼，装修的层次也属高档，是曹六营子十家妓院中最上讲究的地方。档次高的地方光顾的人反而多，达官显要、富绅贵人都常出入那个青门楼子。按现在的说法儿，人气很旺。

喝酒的过程中，宋岱骧发现了伺候茶点的小翠。他一下子被小翠的清秀和妩媚给吸引住了，他觉得，看到小翠之后，围在他身边的几个妓女就像枯萎了的花瓣儿，黯然失色了。

宋岱骧的目光随着小翠的腰身转悠着，招待他的人却为难了。招待宋岱骧的人叫洪麻子，他是曹六营子公安大队的大队长。他知道宋岱骧对小翠有意思，如果不选宋岱骧满意的，他这马屁就等于没有拍正，没拍正还不如不拍。可把小翠介绍给宋岱骧，他还没那个胆量。原来，小翠是黄启镶寄养的人，那时小翠还小，不满十四岁，黄启镶是等着小翠再长丰满些，他再择一个好日子同小翠把事儿办了。那个时候，首次给雏妓"开苞"是要付出代价的，像真的结婚一样，过财礼，摆酒席。当然，第二天还得承受"死"的假咒。被"开苞"妓女会哭哭啼啼给"丈夫"送葬。这是老东北的一种风俗，反正就是变着法儿多榨你的银子。

小翠被黄启镶寄养的事，出入迎春院的老嫖客大多知道。尽管他们对小翠也垂涎三尺，可也得忍着，等黄启镶解决了之后，他们才有机会。问题是，宋岱骧初来乍到，不知道这里面的底情，喝了几盅酒之后，他的血就热起来，嗓门也高了。宋岱骧对洪麻子说："把刚才端酒的那个姑娘叫来。"

洪麻子倒吸了一口冷气，他连忙说那个丫头是伺候人的，从不陪客。

宋岱骧的脸立刻耷拉下来，说："陪陪本座还委屈她了吗？"

洪麻子连忙说不是，是怕委屈了团长大人。

宋岱骧说："本座不怕委屈，就要她了。"

洪麻子的脸渐渐紫茄子色，他支吾起来。宋岱骧看他的态度暧昧，也不高兴了，他说老子为你们流血牺牲，找一个丫头陪陪还么费劲儿吗？

洪麻子连忙站了起来，解释了一番，只是他越解释漏洞越多，越引起宋岱骧的疑心。宋岱骧一摆手，不听洪麻子解释，对他带来的人说："那就不劳驾洪大队长了，你们去把刚才那个丫头请来。"

洪麻子傻眼了，他的话在喉头里滚了滚，一把拉住了宋岱骧的袖头。

无奈中，洪麻子把小翠和黄启镶的关系讲了，也讲了黄启镶的一些情况。

宋岱骧放声大笑，他正年轻，血气方刚，一肚子野心，他哪把一个土财主放在眼里，说："我还以为是大总统呢，怎么，有几个臭钱就了不起啦？"说着，宋岱骧站了起来，一脚踏在椅子上，顺手把腰里的"马"牌手枪掏了出来。那个手枪是德国造的，法兰泛着幽幽的光泽。"你说，是他的钱好使，还是我手里的家伙好使？"

洪麻子哆嗦着："当然，团座的枪好使。"

宋岱骧在嫣红厅大嚷着要叫小翠陪客的时候，大茶壶早把消息告诉了老鸨，老鸨手下的打手也早把消息传到了"富源"货栈。"富源"货栈的徐掌柜立刻开始了"救援行动"，他组织一伙人去大闹迎春院，还在迎春院的院子里用汽油点了一把火。

趁外面乱糟糟的时候，小翠被人接走了。

宋岱骧刚到曹六营子就碰了一鼻子灰，他心里很不是滋味，暗自打算，早晚得与这个黄启镶会面。他不相信他那么神通广大，总不会有三头六臂吧。

接下来，战事吃紧，仗没打几天就结束了。宋岱骧奉命释放了关押的尤拉和那个人高马大的白俄太太。尤拉用带着口音、熟练的汉语，神秘地对宋岱骧说，你年轻气盛，血气方刚，军营毕竟不是社会，当然，你们叫江湖。

宋岱骧思忖着，临别送给尤拉一坛高粱酒。

战事结束，宋岱骧随部队调防了。调防头一天夜里，宋岱骧被人打了黑枪。打黑枪的人肯定是训练有素的神枪手，子弹打在他的帽子上，不是想要他的命，而是给他一个警告，那意思是，你挺幸运的，没睡了小翠，如果把小翠睡了，子弹就不是从帽子穿过去而是从脑袋中间穿过去了。

宋岱骧唏嘘了一番，看来，究竟是财能压势还是势能压财，一时半会儿还搞不清楚。同时宋岱骧也想，民间的确有神人，可惜，那些人没到军队中来，不然，军队的实力就不一样了。

二

几年就过去了，命运常常开着复调的玩笑，宋岱骧又调防到了七站。这个时候，宋岱骧已经是第二十一混成旅的副旅长兼第一团的团长。而他的指挥部就设在七站，离曹六营子只有三十公里。

宋岱骧对当年曹六营子的经历是不能忘记的，一到七站，他就暗下决心，找一个恰当的机会，非狠狠教训一下黄启镶不可。当然，教训就不能是不痛不痒的，就得把黄启镶打趴下，治得他拉裤子。说实在的，宋岱骧算是那个时代难找的文武双全的军人，有点男人的气概，至于品质当然也灌满那个时代的特征，不心狠手辣能当官吗？即使当上了官，恐怕也保不了位置。按当时的说法儿，从古到今不都是那个样儿，好人在官场里混时间长了也变坏了。当然，也不能一概而论，好和坏都是相对的，人性的弱点总是在适合的气候下才表现得更充分一些。宋岱骧在当时的官场中还算有道义和血气。他自己也这么认为。

宋岱骧有报国之志，也有膨胀的野心，整体来说，宋岱骧给人的感觉是硬朗的，属于"鹰派"人物，不想，他却怕老婆。那时候，怕老婆的人真是很稀奇的，尤其对混乱世道中十分霸道的军官来说就更凤毛麟角了。说起来什么事都有个例外，古代的皇帝也有怕老婆的，隋文帝杨坚就怕老婆，受老婆的气之后还直哭，那还是一国之君呐。这样一比，宋岱骧就不算委屈了。

宋岱骧的老婆叫马兰香，名字听着好听，见到人就不一样，她年轻的时候长得没什么出奇的，上了点年龄，脸上开始长横肉，也谈不上有多深的家庭背景和势力——马兰香出身屠夫家庭，粗俗而刁蛮。说有"背景"，顶多也就是马兰香的姐夫——那个土匪出身后被收编的姐夫原来当过宋岱骧的上司。宋岱骧和马兰香的婚姻就是马兰香的姐夫介绍的。宋岱骧是连长的时候，马兰香的姐夫是他们师的师长。看好宋岱骧的首先是马兰香的姐夫。如果说宋岱骧与马兰香的婚姻有问题，宋岱骧也有摆脱不了的责任，他同意和马兰香结婚自然有攀附姐夫师长的缘故。宋岱骧和马兰香结婚之后，宋岱骧就被她控制住了。张大帅带兵入关与冯玉祥打仗，宋岱骧的姐夫随队入关，结果在山东得病死了。姐夫死了，宋岱骧的腰板该直起来了吧。事实上远没这么简单，那时候马兰香已经为宋岱骧生了一男一女，幼小的孩子成了马兰香手里的筹码，对待宋岱骧的态度不但没有收敛，反而变本加厉。那个时候，宋岱骧的仕途正步入佳境，他的注意力不在马兰香身上，相反，马兰香的所有智慧都用在他的身上。这样，他们两人较量起来，宋岱骧当然甘拜下风。好在宋岱骧一直带兵在外，碰不到面倒也没什么妨碍。

然而，自从宋岱骧驻防到七站之后，马兰香也随军来到了七站。生活到一起之后，马兰香就整天琢磨事儿，变着法儿折磨宋岱骧了。在与宋岱骧分居的时候，马兰香已经听到宋岱骧在外面寻花问柳的传闻，她没有确切的证据，所以整天疑神疑鬼的。宋岱骧回家晚一点，她都得唠叨一个时辰。

马兰香到了七站之后，最大的冲突是宋岱骧到七站驻防四个月后的一个晚上，马兰香在宋岱骧的箱子里发现了一个叫可馨的女人写给宋岱骧的情信。马兰香识字不多，可她煞费苦心一字一句研究，倒也把信上的意思都搞懂了。

那天晚上，宋岱骧刚刚入睡，马兰香就抱着宋岱骧的儿子出现在宋岱骧的身边。马兰香凶神恶煞一般，凄厉着声音问宋岱骧："那个小狐狸是谁？"

宋岱骧忙了一天，刚睡熟，被马兰香踢醒的时候，还没完全醒过来，迷迷糊糊地问："你又犯鬼病啦？"

马兰香说："姓宋的，你今天不跟我说清楚，我先把你儿子打死，然后把你打死，最后我自己死，大不了咱们同归于尽。算不清的账，咱到阴曹地府再接着算！"

宋岱骧立刻清醒了。他回身去摸自己的手枪，枪没了。他的头嗑了一下。抬头看去，马兰香手里正拿着他的手枪，枪口对着儿子的胸口。

"你别胡闹！有什么话，放下枪再说。"宋岱骧慌忙爬了起来。

"说，那个小狐狸是谁？她在哪儿？"马兰香不依不饶。

"哪个？"

"你自己说，不要让我点破你。"

宋岱骧觉得自己的头老大，是黄可馨来了？不能。如果黄可馨来了，她必定会先见自己的。一定是马兰香又犯疑心病了。

宋岱骧一口咬定自己压根儿就不认识什么小狐狸精。马兰香说："好啊，看来咱们真得阴曹地府见了。"

宋岱骧连忙摆手，态度来了个一百八十度大转弯。他说："有话慢慢说，别胡来。"

"好，"马兰香说，"我再给你一个机会，谁是可馨？"

宋岱骧觉得身子发软，他知道坏了，马兰香一定看了黄可馨给他的信件。

"怎么不吱声了……我告诉你姓宋的，今天你不说明白，我是不给你留后路的！"

无奈之下，宋岱骧只好编造了一个故事，说自己五年前认识一个妓女叫可馨，有了短暂的接触，已经多年没联系了，并表示了自己的忏悔之意。

马兰香不信，反复抠他，直到自己也筋疲力尽了，才不追问。不过，马兰香让宋岱骧写了三份保证：一份是忏悔书，表示以后决不同叫可馨的小狐狸精来往；第二份是证明书，大意是如果自己出了什么意外，包括有病，宋岱骧都是第一个嫌疑犯，上司都应予以严查和重惩；第三份叫补偿书，有点类似现在时兴的精神补偿，宋岱骧答应给马兰香买贵重金饰品五套。

事态总算平息下去了。可那天夜里，宋岱骧怎么也睡不着了，他几次下决心想把马兰香给解决了。可思前想后，最后还是自己把自己给劝住了。

黄可馨还在哈尔滨。她还不知道宋岱骧已经把她出卖了。想起黄可馨，宋岱骧的愁绪更加浓烈……宋岱骧是在驻防七站以前认识黄可馨的，那时候，他在哈尔滨军官教导部当总教官。一次，女子中学请宋岱骧去演讲，他属于新派人物，口才也好，演讲时纵论古今中外，联系实际反帝反封建，还提出建立新的人生目标，提倡知识女性走新生活道路。宋岱骧的演讲博得了热烈的掌声，也博得不少女孩子的好感。对宋岱骧有好感的女孩子当中，脱颖而出的就是黄可馨。

黄可馨长得白皙秀美，情感丰富而又大胆热烈。她主动接触宋岱骧，并且对宋岱骧大胆表示崇拜和好感。宋岱骧去女子中学演讲的第三天，黄可馨出现在军官教导部大院外的树荫里。她在那里等了两个多小时。宋岱骧从外面参加演习活动回来，门岗值勤的士兵向宋岱骧报告，说有一个女学生找他。宋岱骧抬起头来，看到了树荫下穿白色衣服的黄可馨。那一刻，黄可馨就如同绿色叶簇中的玉兰花，纯净而透明。宋岱骧问黄可馨是找他吗，黄可馨说："是，我已经等了你两个小时了。"

"你找我有什么事？"宋岱骧和蔼地问。

"你是不记得我的。我是女子中学的学生，叫黄可馨。前几天，我听过你的演讲。所以就想来见你……你别怪我，我想了好几天，怕你不愿意见我，也怕你笑话我……"

宋岱骧愣住了。他还没遇到过这么大胆而坦诚的女孩子。要知道，那个时代，更多的女人还囚禁在封建的藩篱里，黄可馨的表现无疑是一道明亮的色彩。宋岱骧被感动了，他把黄可馨请到了自己的宿舍，两人谈了很多。令宋岱骧感到意外的是，黄可馨读了很多书，比如上海出版的《东方杂志》《小说月报》，还有很多国外的爱情小说，有很多作家的名字，像大仲马、巴尔扎克什么的，宋岱骧都不知道。从谈话中，宋岱骧可以判断出黄可馨是一个追求个性解放的女性，浪漫并充满了生命的活力。那天晚上，宋岱骧动用了教导部的汽车，把黄可馨送回了学校。

从那之后，宋岱骧和黄可馨的来往密切起来，霓虹桥、索菲亚大教堂都留下他们的足迹。宋岱骧还带黄可馨去法国人开的马迭尔宾馆参加白俄贵族举行的舞会，到秋林商店买礼品，看卓别林的无声电影，到松花江边漫步……宋岱骧和黄可馨相识不到一个月，他们的关系就发展到新的阶段。宋岱骧在道外秘密租了一套房子。遇到节假日，他就去学校接黄可馨，在道外一个红砖小楼的一楼住宅里相聚。他们像夫妻一样，体会着新式爱情的快乐。对于宋岱骧来说，他觉得自己的爱情生活才刚刚开始，他几乎投入了所有的精力。那期间，宋岱骧的山盟海誓也不少。黄可馨和所有的女人一样，对感情的全身心投入自不必说，尽管她比宋岱骧小十几岁，并且她当时也就十七岁。可女人就是这样,她们的适应能力永远是男人所不能企及的,在多大的男人面前都可以拉平距离的。生活在一起,黄可馨一点都不显得小,感情上绝对能和宋岱骧打个平手。黄可馨是追求个性解放的,她不会给宋岱骧当小老婆的。可她与宋岱骧的感情真的深厚了,她也不在乎名分了,只要宋岱骧娶她就行。

然而,宋岱骧和黄可馨的好日子并不长久,那年冬天,宋岱骧被派到七站驻防,他和黄可馨就分开了。送别是偷偷摸摸进行的,黄可馨的眼睛哭得红肿。宋岱骧对黄可馨说:"别伤心,我很快就会回来见你,等你完成了学业,我就正式娶你。"

计划赶不上变化,宋岱骧到七站之后,马兰香就带着孩子来到宋岱骧的驻地。宋岱骧的自由受到了限制,他和黄可馨只能通信来倾诉相思之苦。

现在,马兰香已经发现了宋岱骧和黄可馨的私情,经马兰香这么一闹,宋岱骧的心就像是一个泛着釉光的陶器,摔在石头上,分崩离析。

宋岱骧和马兰香吵架那天夜里,宋岱骧一夜没睡,第二天上午他就失踪了。宋岱骧并没有真的失踪。他自己去了曹六营子。在曹六营子一家波兰人开的酒馆里喝起了闷酒。宋岱骧是短打扮,穿着他平时习武的衣服,加上他堂堂的相貌,别人真的会认为他是练武之人。宋岱骧在酒馆里一坐下来,就没完没了地喝,从上午一直喝到下午。想起自己与马兰香签的有辱大丈夫尊严的"条约",他就觉得窝囊,越觉得窝囊越喝闷酒。

说来也巧,在宋岱骧斜对面的角落里,也有一个喝闷酒的人，他一直观察着宋岱骧。这个人不是别人，正是宋岱骧的死对头黄启镶。黄启镶为什么单独一个人在这儿喝酒？说起来没人相信，黄启镶同宋岱骧一样，也受了老婆的气，也觉得窝囊，也是来借酒浇愁的。

波兰人开的酒馆的主要客人是铁路上的俄国人，包括站长和路警。中国人很少去，能去那儿的一般也是有钱有身份的人。宋岱骧和黄启镶不约而同选择了那个酒馆也是有原因的——他们大概都怕被熟悉的人看见。

喝到傍晚，宋岱骧已经醉了。他也早就发现了黄启镶，开始他没有理黄启镶的意思，可酒喝到份上，情况就发生了变化。宋岱骧拎着酒瓶子，摇摇晃晃地来到了黄启镶的面前，向黄启镶敬酒。本来，黄启镶想一个人喝酒，可有时候人就这么怪，自己一个人时间长了，又觉得闷，宋岱骧来敬酒，正合他的意。于是，两人就你敬我一杯，我敬你一杯喝了起来。喝酒的同时，他们也唠了起来，尽管他们说了自己的真名真姓，可酒精的燃烧，使他们已经想不起过去的事了，似乎他们之间什么事也没发生过，即使发生了恩怨，也早就抛到九霄云外。酒喝多了，也容易交流和沟通了。宋岱骧说他丢人，被老婆给熊了。一听这话，黄启镶觉得有了共同语言。他也讲了自己老婆，黄启镶老婆的厉害之处与马兰香不同，她参与黄启镶公司的经营，韬略多，心狠手辣，令黄启镶恐惧。讲起老婆，两人的情绪就抖了起来，两人一边讲一边骂，都说，回去就把那个臭娘们干掉！

共同的遭遇拉近了宋岱骧和黄启镶的距离，他们以兄弟相称，颇有惺惺相惜之感慨。

那天晚上，宋岱骧和黄启镶还与两个俄国路警猜火柴杆儿赌酒。黄启镶是老赌徒，赌博的时候头脑就清醒了，眼睛放出油亮的光泽。结果，两个高大的俄国人输得一塌糊涂。在酒馆的众人面前，解开裤子就撒尿……

那天夜里，巡警把醉倒在酒馆里的宋岱骧带到了治安所。到第二天宋岱骧醒酒了，巡警才知道他的身份，连忙派人把宋岱骧送到了七站。

三

回到七站，宋岱骧如同大病了一场，一连缓了几天。宋岱骧回忆在曹六营子酒馆喝酒的事，大部分没有了记忆。他恍惚记得和一个人喝酒，那个人是谁，他们都说了什么，这些都不记得了。

宋岱骧的身体刚刚有所恢复，天就开始下雪了。

下雪那天上午，黄可馨突然出现在宋岱骧的军营门口。勤务兵通报宋岱骧时，宋岱骧的第一反应就是一个冷战。

宋岱骧连忙把军营里唯一的汽车调了出来，他亲自带车，去军营的门口接黄可馨。黄可馨穿着加厚的旗袍，还披着蓝狐皮披肩，那样子像一个大户人家出来的贵妇人。宋岱骧见到黄可馨，什么也没说，接上黄可馨就向山里开去。

黄可馨有些不理解,她老远地赶来,在大门外又等了宋岱骧那么长时间,宋岱骧竟然一句热情的话都没有,这还不说,宋岱骧上车后问她:"你怎么来啦?"黄可馨说坐火车来的呗。宋岱骧一脸的严肃,说:"你来之前应该先告诉我,也好让我有个准备。"

黄可馨有些不高兴,还多少有委屈感,她的眼泪就含在眼圈里。她说我已经写信告诉你了。宋岱骧一听这话,痛心疾首地拍了一下大腿。他想,这回麻烦了,搞不好那封信又到了马兰香手里。可转念一想,他又觉得马兰香不会得到那封信的,马兰香只能翻到他带回家的东西,她本事再大也不至于收买他的通信兵,就是她想收买,那个小通信兵也不会吃了豹子胆,干出掉脑袋的事。

汽车停在七站南山密密的树林里,宋岱骧和黄可馨下了汽车。宋岱骧搀扶黄可馨下车时,黄可馨也不理他,始终噘着嘴。宋岱骧看出黄可馨生气了,就说:"别生气,都怨我不行吗?"

宋岱骧见黄可馨还在抹眼泪,他怕司机兵看到,就把黄可馨拉到汽车的后面,对黄可馨说:"我错了,我是小狗行不行,汪汪!"宋岱骧学起了狗叫。和黄可馨在一起的时候,他们也闹过小别扭,闹别扭了,宋岱骧就学狗叫。这一招还真灵,看着穿一身军装的宋岱骧学狗叫,模样的确滑稽,黄可馨破涕为笑,就一头拱在宋岱骧的怀里。

黄可馨告诉宋岱骧,她实在没办法再读书了,她太想宋岱骧了。

"再坚持一年，怎么也得毕业啊。"宋岱骧说。

"可是，我已经退学了！"黄可馨轻描淡写地说。

宋岱骧愣住了，他没想到黄可馨这么任性，退学都没同他商量。"你总该同我商量一下！"宋岱骧冷下脸来。

黄可馨见宋岱骧不高兴，她来哄宋岱骧了。她说我写信告诉你了，可你迟迟不回信："别生气，我不知道你会生气的。"

"和你的父母说了吗？"

"还没有，我是先来见你的。"

"你父母知道，还不定怎么恼火呢。"

"我不怕，只要你不恼火就行。"

宋岱骧叹了一口气，他刚想把自己的遭遇讲给黄可馨听，黄可馨却只顾得和宋岱骧亲热，用发凉的手捂宋岱骧的嘴，不让他说话。

过了一会儿。黄可馨小声对宋岱骧说："我告诉你一个消息。"

"什么消息？"

"我已经有了……"

"有什么？"

"你的孩子呀！"

听到这话，宋岱骧一激灵，他当时就觉得天旋地转。

黄可馨瞅了瞅他，问："你听了不高兴吗？"

宋岱骧不知所措，半天说不出话来。黄可馨连忙说："你别担心，我已经想好了，就是做你的小，我也心甘情愿。我保证不和你的大老婆争，我只要和你在一起就行……"

宋岱骧还是说不出话来。黄可馨说:"我家里一定会反对的。不过,你不用担心,我拼死闹一次,爸爸会让步的。从小到大。遇到什么事,最后都是他让步……我还从来没告诉你,我家是这一带最富的……你别生我的气,我没告诉你,是怕你认为我是富家大小姐,不是爱我而是爱我家的钱。"

宋岱骧一听,一层阴云从心头掠过,这一带最富的?最富的就是黄启镶了。他小心地问黄可馨:"你……是黄启镶的女儿?"

"对呀,你认识我爹?"

宋岱骧觉得自己的头嗡了一下,眼前模糊起来,这真是破船偏逢连雨天,倒霉的事都集中到了一块儿了。光马兰香一个方面的压力已经压得他透不过气来,现在黄可馨又怀孕退学了,并且她还是黄启镶的女儿。这样的局面如黑云压顶,宋岱骧开始堕入暗无天日的深渊之中。

"说呀,你真认识我爹吗?"

宋岱骧在心里说,我何止认识你爹,他还是我的冤家对头呢。可是,宋岱骧又说不出口,他和黄启镶那段恩怨是没办法讲给黄可馨的。无奈,宋岱骧说:"我听过令尊的大名。"

"那你不埋怨我吧?"

"埋怨什么?"

"我对你隐瞒了真实情况。"

"现在,我哪还顾得上这些小事。"宋岱骧感叹道。

宋岱骧的情绪还是传导给了黄可馨,她依偎在宋岱骧的身边,小声说:"怎么不高兴了,你还是生我的气了。可我也没办法，有孩子了怎么上学？人家想你才这么急着来见你的……"

宋岱骧叹了一口气，他想也是，黄可馨背的心理负担并不见得比他的轻，况且，在这个时候，应该得到安慰的是黄可馨而不是他。宋岱骧的声音舒缓起来，他把胳膊放在黄可馨的肩上，慢慢地说："你别担心，我们商量一下，会有办法解决的。船到桥头自然直，世上没有翻不过去的山，也没有蹚不过去的河。"

黄可馨笑了。她说，我知道你会有办法的。

那天下午，宋岱骧和黄可馨在南山商量了很久，他们商量的结果是：黄可馨先回家住一段，并选择适当的时机把情况对家里挑明了。遇到什么情况，黄可馨可以在家里打电话，虽然黄可馨不能直接把电话打到军营里，但是可以给宋岱骧设在铁路的一个联络站打电话。那样，宋岱骧就可以迅速得到黄可馨的消息。

那天晚上，宋岱骧把黄可馨送到曹六营子，在那里吃了晚饭之后，派自己的亲信马参谋随黄可馨上了火车，一直把黄可馨送到三岔口（今黑龙江省东宁市）县城的黄家。宋岱骧则连夜返回七站，准备解决他和马兰香的问题。

黄可馨回到家，家里人并没觉得怎么意外。在黄家，真正关心大小姐的人并不多。黄可馨是黄启镶二老婆生的，大老婆不生孩子，所以黄启镶在天津卫做生意时就娶了二房太太。不想，年轻貌美但体弱多病的二房太太实在是太短命，留下一个女儿后就命赴黄泉。

黄启镶到了东北之后又娶了三房四房太太，又生下两男一女。但由于黄可馨是他的长女,又是在他人生经历中最曲折最倒霉的时候出生的,黄可馨一直伴在他的身边,和他闯东北。所以,黄启镶对黄可馨有一份特别的疼爱。

黄启镶的大老婆特别厉害,眼睛里不容沙子,不过,在黄家的四个孩子中,她最不反感的还是黄可馨,一方面是黄启镶喜欢的缘故,另一方面也许因为黄可馨没有母亲。她从未见过黄可馨的母亲。这样,孩子就跟抱来的没什么两样。而那几个孩子就不同了,他们的母亲还活蹦乱跳的,她与她们的关系十分微妙,表面上那几个姨太太都恭敬她顺从她,心里还不知道怎么诅咒她早死呢。把对孩子母亲的因素加进来,她就不可能喜欢那几个孩子了。

黄可馨回家时,黄启镶没在家,他又去边境那边赌博去了。这几年来,黄启镶每年都去俄境那边赌博。他豪赌是出名的,他赌博的一个特点是赌黄金,所以,富源公司在交界顶子开的金矿基本都让黄启镶给赌掉了。人们觉得心里有些平衡了,那么精明的黄启镶输得多惨呀,这说明什么,说明老天是有眼的,好事并不能让你一个人全占了。

说来奇怪,都说赌博无常,但总有赢的时候,黄启镶却常赌无赢,好在黄启镶的心理素质好,越输他越想赌,只是越赌越输也是黄启镶不情愿看到的结果。

俄国闹革命之后,渐渐地就把远东地区给统一了。远东的白俄贵族大多跑到了中国,残留在边境上的旧贵族仍有势力,黄启镶的赌友还活跃在边境上。

黄可馨见黄启镶不在家,她也没提退学的事,更不能讲怀孕的事,她想等黄启镶回来再说。不过,黄可馨的大妈还是发现了一些苗头。

这次回家,黄可馨变得敏感细腻了,也变得多愁善感了,看到窗外的鸟在枯树枝上,她担心鸟没窝冻坏了,听别人说话也琢磨是不是说自己了。尤其是吃饭的时候,她闻到炖猪肉的气味儿,就捂着嘴下了桌,跑到外面哇哇地吐了起来。

黄可馨的两个小妈交换了一下眼神儿,撇了撇嘴。黄可馨的大妈看在眼里,她把饭碗蹾在饭桌上,立瞪着眼睛说:"吃饭,别没事儿找事儿!"

黄启镶是在黄可馨回家的第三天才回三岔口的。回家后他就阴沉着脸,家里人知道,黄启镶大概又输得血本无归。

黄启镶回家的当天晚上,他的大老婆就把黄可馨回来和她怀疑黄可馨怀孕的事讲了。她讲的时候,表现出一副不在意的样子,一边讲一边观察黄启镶的表情。如果是以往,黄启镶也会显得漫不经心的,今天却不同了。大老婆的话音未落,黄启镶就急不可耐地去找黄可馨了。

黄启镶找黄可馨时,黄可馨正在房间里做着女红,她一边哼着曲子一边绣着一对鸳鸯,黄启镶推门进来,吓了黄可馨一跳。

黄启镶虎着脸说:"你怎么回来啦?"

黄可馨说自然是有一些原因的。

"不管什么原因,没有我的允许,你就不能回来,明天让彭掌柜的送你回去。"

黄可馨吭哧了一会儿,说:"……我,已经退……学啦!"

黄启镶立刻火了,暴跳如雷,大吼着:"你这个逆子,你反天了,你眼里有没有父母?自作主张,书都白读了!"

黄可馨也不示弱,她说我本来就没有妈妈,有爹,可爹关心我多少?现在我已经长大了,我知道我该怎么做。

黄启镶觉得问题还是出在读书上,如果不送黄可馨去大城市读书,也许她还不会有这些念头。送她读书是想让她知书达理,不想,反而培养出个逆子。他真后悔当初,当初就不该送女孩子去读书。

黄可馨受了黄启镶的训斥,泪水就忍不住了,她呜呜地哭了起来。见黄可馨不停地流眼泪,黄启镶烦躁起来,他背着手,在屋里转来转去,他本想问黄可馨是不是像大妈说的怀孕了,可又觉得不便问已经这么大的女儿。如果是还好,如果不是,黄可馨没了面子,还不干出点意外的事儿?

黄启镶想了想,说:"爹一向疼爱你,你也从不给爹找麻烦,这回怎么啦?儿大不由娘了?我看,这里还是有别的原因?跟爹说说。"见黄可馨不说话,他走到黄可馨身边,抚摩着黄可馨的头说,"我知道你不信任大妈,只把爹当成亲人,有什么不好说的话就跟爹讲,你想,爹能害你吗?"

黄启镶这样一说,黄可馨反而更加委屈,她扑到黄启镶的怀里,哭得更伤心了。黄启镶轻轻拍着黄可馨的后背,开始哄黄可馨。

黄可馨早就有心理准备,她知道黄启镶肯定会发火的,凭借以往的经验,黄启镶发火归发火,打心里还是疼爱她的,所以,黄启镶把火发了出去,也就没事儿了。这个时候,黄可馨大概觉得时机成熟了,她就一边抹眼泪,一边说她错了,她错在不经爹的同意,就自作主张,在哈尔滨交往了一个年轻军官。

黄启镶当然不喜欢黄可馨这样。虽说黄启镶从小就闯世界了,对旧的传统道德观念有过抗争,他自己与黄可馨的生母就是自作主张结合的,可事情往往就是这样,道理是对别人而不是对自己的。况且,现在的黄启镶已经上了些年纪,想法与年轻时不一样了,再加上他现在的身份和地位,他能接受黄可馨的做法就怪了。

尽管如此,黄启镶还是忍住了,他还是引导着,让黄可馨把整个事情讲完整。"你们发展到什么份儿了?"黄启镶问。

黄可馨想,反正已经走到这一步了,今天不说明天也得说,纸里终究包不住火,干脆就和盘托出吧。于是,黄可馨说:"我已经有了他的孩子,所以不得不退学了。"

"他多大?"

"三十一岁。"

"三十一岁?……他不会没结婚吧?"黄启镶显得紧张地问。

"……他,有老婆……还有两个孩子?"

"什么?"黄启镶的眼睛瞪得溜圆,想了想,还是耐住了性子,"他叫什么?在哪个部队?"

"你不认识他。"黄可馨说,在她的印象里,宋岱骧说不认识黄启镶,那黄启镶就不会认识宋岱骧,认识是双方的事,"不过,现在他驻防到咱们这儿啦!"

"驻防到咱们这儿？谁呀？你说出来看看。"黄启镶的口气仍旧柔和，其实，他瘦小的身子早已燃烧了怒火，眼看着就要爆炸了。

"就是驻防七站的团长宋岱骧……"

"怎么是那个混蛋！"黄启镶终于忍不住了，他挥手就给了黄可馨一巴掌，那一巴掌特重，把黄可馨拍倒在地。黄启镶的脸煞白，他说："我这就去杀了他。我告诉你，你死心吧，我不死，你就别想再见他。"

说完，黄启镶就离开了黄可馨的房间。

黄启镶把管家找到院子里，对他说，马上找人把大小姐的房门用木头钉死。从今儿个起，不许她离开屋了半步。

黄启镶恨黄可馨，他更恨宋岱骧，他甚至认为这件事是宋岱骧预谋的，就是为了报复他。这小子太狠毒了，使出这么致命的招法儿。真是旧怨未了又添新仇，他宋岱骧是他前生的冤家，今生的死敌。这回，他黄启镶不能心慈手软了，他要立刻送姓宋的小子下阴曹地府。

接着，黄启镶就把手下的炮手找来，他要那几个炮手在两天之内，把宋岱骧的人头给拿下来。

四

宋岱骧自和黄可馨分别之后，他整天郁闷，不觉疾病缠身，就躺在床上。这期间，宋岱骧也试图把马兰香送回老家，不想，他的话没说完，马兰香好像明白他的用意，说我死就死在军营，让我回老家比登天还难。你想一想，连打发马兰香回老家都做不到，宋岱骧想休了马兰香就更不可能了。

这段日子里，宋岱骧也惦记着黄可馨。黄可馨走了之后如黄鹤西去，音信杳无。宋岱骧不知道黄可馨的处境如何，他和黄可馨的事让黄启镶知道之后会有什么样的后果。而黄可馨的年龄还小，加上她有孕在身，她单薄的身子骨能承担起方方面面的压力吗？宋岱骧这样翻来覆去地想，总想不出一个好主意，拿不出一个破解眼前难题的办法。

黄启镶那头，他并没有急于对宋岱骧采取行动。在气头上，他的确想立刻把宋岱骧给解决了，一旦冷静下来，黄启镶又改变了想法。宋岱骧毕竟不是车站扛袋包的苦力，也不是山里开荒的农夫。宋岱骧是镇守一方的军官，尽管自己有能力把宋岱骧那个杂种给处理了，他也没把一个旅团长放在眼里，可无论怎么说，人家毕竟是官，而自己是商。如果自己莽撞地把宋岱骧结果了，能够解一时之气，但同时他也捅了一个大娄子，还得把整个东北搞得沸沸扬扬。自己这么大岁数了，也经历过大风大浪，应该懂得韬晦之术，既把问题解决了又不把自己牵连进去。这样一想，黄启镶改变了主意，他决定从宋岱骧的上头打开缺口，他不相信宋岱骧没有对立面，通过他们的手解决宋岱骧更高明一些。这样一想，黄启镶就暗自派人带着钱去吉林，他要神不知鬼不觉地收拾宋岱骧。

一晃半个多月过去了，宋岱骧仍然得不到黄可馨的消息。在这期间，宋岱骧也派自己的心腹去三岔口打探过消息，结果都不理想。宋岱骧在焦急的等待中迎来了严冬。

那是很多年来没有过的寒冷的冬天，大雪之后就刮起了大烟泡，大风扬起了雪末，在沟膛和平地上肆虐地扫荡着。七站不断传来消息，说火车路基上冻死了一对老毛子，男的是醉鬼尤拉，女的是他的马达姆，还有一个农民去寻找丢失的牛，结果在南山日被埋在齐腰深的大雪里。

那天的风雪正大，窗外电线杆子呜呜直叫，军营营房的房顶乒乓作响。宋岱骧穿着大衣，在铁皮炉子前看书。突然，他的房门开了，像是被风刮开的，门开的时候裹挟着大量的雪花。宋岱骧定睛一看，他愣住了。

门不是被风吹开的，门口站着黄可馨。

宋岱骧连忙把黄可馨拉到自己的身边。宋岱骧十分惊讶，黄可馨穿得很单薄，别的不说，从车站到军营还有三里路，那三里路荒无人烟。他不知道黄可馨是怎么越过暴风雪来到他的军营的。

在宋岱骧眼前的黄可馨，她的脸已经冻得发白，半天说不出话来。宋岱骧把黄可馨揽在怀里，揉着她的脸。

黄可馨说不出话来，泪水却流了出来。

宋岱骧知道，黄可馨一定受了很大的委屈。他把大衣披在黄可馨肩上，给她搓手，揉脸，不停地安慰着她。黄可馨终于缓了过来，她放声大哭起来，连鼻涕都哭了出来。

当宋岱骧知道黄可馨是从暴风雪中走到军营时，他的眼睛也湿润了,他甚至不知道,黄可馨是怎么走过那段路的,那是一道鬼门关,男人穿那么少的衣物也不一定能闯过去。黄可馨一个柔弱女子,她是靠什么信念和力量闯过来的?

宋岱骧把自己的办公室门锁上,就把自己和黄可馨关在自己的房间里。他突然间变得天不怕地不怕了,与黄可馨叙离别之苦,长久缠绵。

那天,黄可馨也讲了她的遭遇和经历,她不知道黄启镶为什么会那么凶狠地对待她,一点情面都不留。宋岱骧还是不便讲出他和黄启镶的关系,他和黄可馨商定,把黄可馨送到哈尔滨,待他安排好七站的事之后,他去哈尔滨找她。

第二天上午,宋岱骧派自己的心腹马参谋秘密把黄可馨送出了七站,他们直接去了哈尔滨。

送走黄可馨后,宋岱骧陷入更深的困难境地,他一时又没能力改变被动局面。所以,宋岱骧经常喝酒,他的办公室里也酒气熏天的。日子一天一天过去,宋岱骧整天浑浑噩噩的,不知不觉中,年关就来到了。

那些日子里,军营发生了一些怪事,有人夜闯军营,也有人化装成送猪肉、送酸菜土豆的车夫出现在军营里。别人不知道是什么缘故,以为有了军情。宋岱骧明白,一定是黄启镶派的人,他们想找黄可馨。宋岱骧让马参谋下达他的命令,加强警戒,如果抓到可疑的人,他要亲自审讯。

进入腊月,宋岱骧还是不能抽身去哈尔滨,他带团部的人到防区视察防务,一走就走了十多天。那天,他们路过曹六营子,刚到曹六营子,马参谋告诉宋岱骧,赵旅长紧急通知他到防区司令部开会。

宋岱骧连夜赶到了二十一旅驻地宁安县城,结果,根本就没有什么会议,不过是赵旅长找他。宋岱骧见到赵旅长后,赵旅长连忙把他叫到密室里。

宋岱骧跨进密室门槛的时候,已经意识到了什么,他甚至联想到了黄可馨的事。赵旅长对宋岱骧说:"老弟,你可能摊上点麻烦!"

"什么麻烦?"

"上头又提起了麻山煤矿的事,要调你去执法处协助调查。"

宋岱骧心里一惊,表面上十分镇静,他说:"麻山的事不是早就定论了吗,况且,这件事发生时我只是一个下级军官,军人以服从命令为天职。"

"我总琢磨着,这里边有人搞鬼。"

赵旅长提的麻山煤矿事件是七年前的事了。那个时候,麻山煤矿的矿工闹工潮,与煤矿警察所的警察发生了冲突,把警察所围困了一天一夜。无奈,煤矿的老板就向驻军求助,宋岱骧当时是连长,他接到命令就带兵去了煤矿。由于劳资双方矛盾激化,矿工正处于激奋当中,所以,宋岱骧他们去了之后,也与矿工发生了冲突。那件事发生时,正巧师长检查防务到了宋岱骧部队所在的驻地,宋岱骧的姐夫师长就去了麻山煤矿。

与矿工代表交涉中,师长被一块飞来的煤块击中了头部,他十分恼火,命令宋岱骧开枪。宋岱骧接到命令,就组织士兵向不听警告的矿工开了枪，结果，打死了四人，打伤了八人，事态才平息下去。

麻山煤矿事件之后，军参谋部和省府都做过调查，也要求宋岱骧的姐夫师长写过检查，事情就不了了之了。时隔七年，旧事重提，尤其是姐夫师长已经死了多年，当事人也大多离开了，这个时候翻起老账，显然是冲着他宋岱骧来的。

宋岱骧说："上头我也没得罪过谁，是谁想整我呢？"

"咳，现在的人，有屎盆子都想往别人的脑袋上扣。你也别想那么多，赶快想想办法。"

"我不怕，事都是明摆着的，能把我怎么样？"

赵旅长说："老弟你别犯倔了，快去沈阳找找关系，我总琢磨这事儿来得有邪劲儿。"

宋岱骧想了想，说："那就听你的吧。"

"老弟，我这头你放心，能担待的事儿我自会替你担待。"

赵旅长为何对宋岱骧这么好？这其中也有原因，民国十五年（1926），他们在老黑山围剿"占山好"大绺胡子，赵旅长身负重伤，是宋岱骧把他背出树林子的，救了赵旅长一条命，之后，他们就结拜成了"不是同日生，但愿同日死"的兄弟。好在赵旅长是个有良心的人，还记得宋岱骧对他的恩情，在那个世道中，忘恩负义的人多的是。

宋岱骧十分感激地握了握赵旅长的手，说："那就拜托大哥了。"

赵旅长说："自家的兄弟，不说外道话。"

宋岱骧答应去沈阳找关系。实际上，他考虑的并不是上头要追究他的事，一则他没把事情看得很重，再则，宋岱骧在沈阳也没有什么硬后台，找也白找。宋岱骧心里的小算盘是为见黄可馨打算的，他准备借此机会去哈尔滨，见黄可馨成了当务之急，别的事都可以先放一放。

宋岱骧见赵旅长的第二天。宋岱骧和团部里的军官交代一下工作，晚上，就秘密上了北去的火车。

宋岱骧到哈尔滨时，哈尔滨已经有过年的气氛，出了车站就看到不少的小商小贩，有卖对帖子之类红红绿绿的东西，还有花样繁多的年货。宋岱骧连忙雇了洋车，直接奔南岗教堂街（现革新街）黄可馨的秘密住处。

宋岱骧到黄可馨的住处并没有见到黄可馨，房门紧锁着。看到锁头，宋岱骧有些心慌，他突然意识到，追查麻山煤矿的事一定与黄启镶有关，黄启镶既然能把宋岱骧的陈年老账翻出来，黄可馨的处境也一定十分危险。

就在宋岱骧焦急地等待时，黄可馨出现了。黄可馨挺着大肚子，穿着厚重的衣服。胳膊上挎着篮子，篮子里装了新买来的东西，活像一个老妈子。看到黄可馨的样子，宋岱骧的鼻子发酸，眼睛红了起来。

黄可馨看到宋岱骧也愣住了，她没想到宋岱骧会突然出现。她愣了一会儿，突然扔掉手里的篮子，蹲在地上哭了起来。

宋岱骧向黄可馨走去，他们之间只有几步之遥，就在那几步里，宋岱骧做出一个决定。他不能再让怀孕的黄可馨自己苦熬了，他要带黄可馨私奔。

五

宋岱骧和黄可馨在哈尔滨过了一个冷冷清清的旧历年。

正月十五之前,宋岱骧带黄可馨回到了金州老家,并让他的堂弟去七站接马兰香,对马兰香和几个孩子也做了相应的安排,然后,他就带着黄可馨去了关内。

宋岱骧去关内之前也给赵旅长捎了信。宋岱骧离开那段日子里,赵旅长那头的压力挺大,他千方百计为宋岱骧搪塞。上头催得紧,而宋岱骧一去就没了音信,赵旅长成了热锅上的蚂蚁,吃不下饭,睡不好觉。宋岱骧的消息一到,赵旅长立刻就从床上蹦了起来。

恰巧这时,有人反映宋岱骧擅自离职,参谋部的人抓到了把柄,准备通缉宋岱骧。赵旅长得到这个消息之后,立刻做出了一个决定,并把决定的时间提前了十天,而后防区司令部做出决定:免除宋岱骧的一切职务,发半年的薪金,开除军籍。

赵旅长是个粗中有细的人,他这一手挺绝,谁都没想到,他的"决定"抢在参谋部的前头,挽回了所有人的面子,还把宋岱骧保住了。

军队里热热闹闹处理宋岱骧事件时,宋岱骧已经到了天津,相隔千山万水,军队里发生的事就像与他没关系一样,他一点都不放在心上。宋岱骧到天津后找到了几个同学,他本人也在日本的一家洋行里谋得一个职位,收入十分可观。到天津后,他和黄可馨在海河边租了一个房子,每到傍晚,他们就出现在海河边。夕阳垂柳,景色宜人,黄可馨的脸上露出了灿烂的笑容。

那年也就是中国历史上发生很多事情的公元1931年,在日本洋行里做事的宋岱骧,心情越来越坏,也变得越来越沉默了。夏天,黄可馨生了一个儿子,儿子的降生为宋岱骧带来了快乐,也在一定程度上调剂了宋岱骧郁闷的心情。

黄可馨在天津生孩子的消息传到了黄启镶的耳朵里。黄启镶沉默了一天,现在,他的气也消了不少。黄启镶不像开始时那么恼火的原因,一是时间可以慢慢消解人们的恩怨,二是他已经把野心勃勃、官运正旺的宋岱骧搞得丢盔解甲,流落关内。这样的结果虽然不能让他解恨,但毕竟有了效果,他的气自然也消了大半。

宋岱骧与黄可馨在天津生了一个儿子,并过起了日子。到这份上了,黄启镶也没什么可说的了。想一想,一个有权有势有前途的人,为了一个女人什么都不要了,他黄启镶能做得来吗?当然不能,他年轻的时候也不能。

黄启镶沉默了一个月之后,给他在天津的当铺送去密信,让他们暗地里接济宋岱骧和黄可馨,并让他们选择适当的时机转达黄启镶的意思,黄启镶可以摒弃前嫌,邀请他们带着孩子回三岔口老家。

那年小秋,日本关东军炮击了沈阳柳条湖的北大营,也就是历史上有名的"九·一八"事变。日本人拉开了侵占全东北的序幕,占领沈阳之后,关东军就向东北腹地推进。

"九·一八"事变之后,宋岱骧从日本洋行里辞职,他和黄可馨商量,想回东北去。黄可馨也有些想家。虽然她恨黄启镶,特别是流落在外那些艰难的日子里,她下决心不再见黄启镶了。然而,局势真的发生了变化,她又担心起黄启镶了。

宋岱骧把自己想法与黄可馨一说,黄可馨立刻表示愿意和他一起回东北。

宋岱骧不想让黄可馨跟他走,说:"孩子还小,你留在天津,等局势稳定了我再来接你。"

黄可馨说:"这次,就是死我也不离开你了。你到哪儿我跟到哪儿。"

宋岱骧想了一夜,最后还是同意了。

那年秋冬季节,大批东北军涌向关内。东北流亡的人员也多了起来,城里到处都是宣传抗日的东北大学的学生。这个时候,人家都是从东北往外跑,而宋岱骧和黄可馨却去东北,不用说,到东北去是一条艰难的路。

好在宋岱骧在日本留过学,也在日本洋行工作过,他会说一口流利的日语,路途上减少了不少麻烦。他们先走旱路,转道去了山东烟台,然后坐海船到了大连。这样,那年年底,宋岱骧和黄可馨母子就到了金州老家。

马兰香并不在金州,她回了吉林。黄可馨母子享到宋家上上下下的尊崇。

宋岱骧人虽在金州，他也是"身在曹营心在汉"，偷偷地与七站的老部下联系着。那年冬天，吉林最高长官熙洽投身日本，电令第二十一旅整编。

二十一旅赵旅长不接受改编，他与流入驻地的一些抗日队伍联合起来，准备抗击日军。与此同时，赵旅长又派人和宋岱骧取得了联系，让他立即回宁安，共商救亡大计。

在金州等待的日子里，宋岱骧心里早就烧了一把火，他毕竟是一个军人，恨不能马上就回到七站，统率旧部，举起抗日救亡的大旗，驰骋杀敌的战场，得到赵旅长的信儿之后，宋岱骧就给黄可馨留了一封信，在一个早晨突然离家，秘密北上了。

黄可馨看到宋岱骧留下的信之后，她也执意北上去找宋岱骧。没办法，宋家只好派宋岱骧的堂弟陪同黄可馨回三岔口老家，黄可馨走的时候是农历十一月，他们带着孩子辗转了两个月才到了三岔口。而那个时候，正是宋岱骧带着队伍和日本关东军打得最惨烈的时候。

原来，宋岱骧回到旅司令部时，赵旅长因抗日队伍间的纷争离职出走了。而新任旅长关庆禄原是宋岱骧的部下，见宋岱骧回来，关庆禄担心自己的位置不保，就对宋岱骧采取了抵制的态度，无奈，宋岱骧就去七站找老部下。那个时候，七站的一团内部也发生了分化，宋岱骧的到来，给一团的官兵带来了喜悦，他成了大家的主心骨。

宋岱骧在部属的策动下，决定起义，成立抗日救亡军，与驻防三岔口的王德林的抗日救国军遥相呼应。

宋岱骧只拉出了两个营。不过，在短短不到两个月的时间里，又有两千多人加入他们的队伍，抗日救亡军人强马壮，声势浩大起来。

1933年1月，日本关东军从哈尔滨沿中东铁道线气势汹汹杀将过来。宋岱骧率部在九站与关东军展开了激战。战斗从下午打到黎明，由于关东军的装备好，火力太猛，宋岱骧的部队被打散了。

过了宋岱骧这一关，关东军在铁道线上就没再遇到大规模的阻击，所以，1月4日就攻到了绥芬河。1月5日，二十一旅旅长关庆禄率部下两千余人在车站北广场向日本人缴械。士兵被遣送到呼兰处置。

宋岱骧撤退到六站时，遇到马参谋带的抗日救亡军新编三师，说是师，其实也就四五百人，宋岱骧的抗日救亡军共有五个师，现在就剩下新编三师这个家底了。

宋岱骧是不肯认输的人，他在日本士官学校学习过，他对关东军的战术十分熟悉，遗憾的是，他的士兵的装备和素养太差了。这次，宋岱骧采纳了下级军官的建议，对盘踞在六站的关东军进行夜袭，他们太需要一场胜利来鼓舞士气了。

在行动之前，宋岱骧还派人和王德林的抗日救国军取得了联系，以便协同作战。那天夜里，在黑夜的掩盖下，宋岱骧率领司令部人员和新编三师向六站发起了猛攻。当时，刚刚驻防六站的是关东军的一个步兵中队和一些后勤补给部队。那些关东军一路打下来，胜利令他们的脑袋发昏，他们没想到抗日的部队会那么迅速地开展反攻。仅仅三个小时，宋岱骧就率领部队攻进了六站。

然而,关东军的反扑也是迅速的,第二天天刚亮,乘火车和汽车赶来的关东军就把六站包围了。由于关东军的数量太多,王德林的救援部队也撤了。宋岱骧和他的抗日救亡军已经没有了退路,他们只有血战到底,杀身成仁了……

就在宋岱骧被围六站的时候,黄可馨到了三岔口。那个时候,驻守在三岔口的王德林抗日救国军的后勤部队已经向苏联撤退,黄可馨预感到问题的严重性,她让宋岱骧的堂弟看护好孩子,在旅馆里等她,然后,只身去打探宋岱骧的消息。

宋岱骧和他的抗日部队在六站坚持了两个小时,太阳升过房顶,他的指挥系统就失灵了。宋岱骧和指挥部的人只能听到震耳欲聋的枪炮声,他部署的防线怎么样了,是不是被关东军摧毁了?这些宋岱骧都不知道。宋岱骧待不住了,他准备立刻上前沿一线,刚要出门,就碰到马参谋。马参谋拉住宋岱骧说:"队伍打散了,你快撤吧!"

"我不撤,我要坚持到最后。"

"再不撤就来不及了,关东军已经进城,离这儿只隔一条街了。"

马参谋让几个人拉住宋岱骧,带着警卫排的人,迎着枪炮声向西窑一带突围而去。

在突围的过程中,一个炮弹在宋岱骧他们身边爆炸,巨大的轰响和灼热的气浪把宋岱骧掀了一个跟头。他爬起来时,耳边还嗡嗡地响。他在脸上摸了一下,摸出一块模糊的血肉块，还拖带着眼珠子。宋岱骧以为自己的眼睛被炸了出来，他再一摸才知道，那是别人的粘到自己的脸上了……硝烟散开，宋岱骧的眼前是几具被炸碎了的尸体。突然，宋岱骧的心头一抖，他看到了马参谋的袖标，那个袖标上的标记表明他是师长。带着袖标标记的破布静静地躺在被血和泥土点染过的积雪上。

宋岱骧被身边的人搀扶起来。他的肩头已经被炸破，鲜血汩汩流出，他们跟跟跄跄地向沙子河的树林里撤去……

黄昏时，宋岱骧他们撤到了老道沟，那里已经听不到枪炮声了。在老道沟，他们征用了一架马爬犁。他们就剩六个人了，其中四个人还受了伤。他们把宋岱骧和其他受伤的人放在车上，沿着驿站那条老道向三岔口方向走去……

宋岱骧他们刚离开老道沟，黄可馨就到了老道沟。在去六站的路上，她听说六站被关东军占领了。那时铁路已经不通车了，黄可馨只好走驿站那条老道。黄可馨雇的那个农夫听说六站被日本人占领了，他说什么也不往前走了，没办法，黄可馨就自己到了老道沟，她想，她一定要找到宋岱骧，哪怕找到宋岱骧的尸体，她也要亲眼看一看，亲手埋了他。

……宋岱骧他们到了三岔口，不想，黄启镶派人在通往城里的路口迎接他。来人告诉宋岱骧：黄启镶现在已经病得很重，他想在临死前见宋岱骧一面。

尽管宋岱骧对这件事心存狐疑，可到了这个时候，他什么都不在乎了。况且，说不定还可以从黄启镶那里打听到黄可馨的消息。

宋岱骧去黄家大院拜见了黄启镶,黄启镶的手下人没有说谎,黄启镶果然脸色苍白地躺在床上。家里人告诉宋岱骧,黄启镶在边境上染了一种不知名的热病,发了十多天的高烧,什么药都不好使,病情越来越严重了。这两天,黄启镶知道自己的日子不多,不停地叨念黄可馨的名字,当他听说宋岱骧回来组织了抗日救亡军,他一再嘱咐手下人找到宋岱骧,他要亲自见宋岱骧一面。

宋岱骧一进黄启镶的房间,黄启镶就把家人都打发出去,屋子里就剩下他们两人。命运让这两人产生过恩恩怨怨,现在,他们终于面对面地凑到一起。

黄启镶眯缝着眼睛,看了宋岱骧半天,吃力地说:"……可馨的眼力不错,比他爹强多了。"

"你应该去看洋医生。"宋岱骧说。

"看过了,什么医生也是治病不救命……可馨他们可好?"

"他们在我金州老家,都挺好。"

"说生了个小子?……叫什么?"

"宋华堂。"

"长什么样儿?"

"……轮廓像我,眼睛和鼻子像他妈妈。"

"那就好,嘴可别像他妈,他妈的嘴像我,一点都不好看。"

黄启镶努力喘了一口气,显得呼吸困难。宋岱骧坐到床边,扶了扶他的头。黄启镶伸手把宋岱骧的手抓住了:"我对不起你和可馨,你记恨我也是应该的……可到了这时候,说什么也没用了。"

宋岱骧说过去的事就过去吧。

黄启镶说："怎么说，咱也是一家人了，况且我十分佩服你的大丈夫气节。你靠近一点。"宋岱骧就将头靠在黄启镶的头边儿。

黄启镶小声说："我告诉你一个秘密，我把黄金都埋在河那边了……这儿的人都认为我是去赌博……把金矿的黄金都输了，我是留一个后手，没想到时局变得这么糟糕……你去把黄金取出来，你不知道，那里的黄金足可以给你装备一万人马，组织好队伍，再打回来，把小日本打回东洋去！"

宋岱骧的手有些发抖，他被黄启镶的一番话感动了。他对黄启镶说："你一定要安心养病，可馨会来见你的。她想你，虽然她不说，可我知道她想你……"

黄启镶苦涩地摇了摇头，他的眼角流出了泪水。

黄启镶和宋岱骧见面之后的第二天下午就咽了气，那天晚上，日本关东军就逼近了三岔口。

宋岱骧在黄启镶的手里拿到了一个黄金埋藏地点的路线图和一首打油诗。关东军进攻三岔口之前，宋岱骧见到了他的堂弟和自己儿子，他才知道黄可馨来找他的一些情况。当时，形势严峻，军队中的一些同僚拉住宋岱骧，让他抓紧随一些抗日武装转移到苏联境内，时间晚了，一旦封了边，就走不成了。

宋岱骧不同意，他决心要找黄可馨，然而第二天早晨，关东军就开始进城。无奈，宋岱骧带着儿子和堂弟，赶上最后一批撤退到了境外。

宋岱骧在境外安顿好儿子之后，又趁着黑夜过境了。他过境那天黑黝黝的，边境的密林里传来了狗叫声和断断续续的枪声。

六

宋岱骧过境那天就没了消息，不用说，十有八九是过境找黄可馨的时候，被关东军打死了。黄可馨也下落不明，她大概去六站找宋岱骧时就遇险了，如果他们活着，也是九十几岁的老人了。

转眼半个多世纪过去了，在黑龙江东宁县的佛爷沟，有一位叫定宝的老人，他是前一年去世的，享年六十八岁。他就是宋岱骧和黄可馨的儿子，战乱时被一对农民夫妻领养。定宝没读过书，是一个不识字的地道的农民。他临死之前拿出一个老旧的铁烟盒，里面放了卷成筒状的纸，他说是他爹临分别的时候交给他的，还说他家有很多黄金，都埋在河对岸了。由于隔年久远，外面那张画有路线图的纸已经面目皆非，而里面那张打油诗也模糊不清。经过认真勘校，总算把它整理出来，但路线图彻底作废了。那首打油诗如下：

双城外郭虚山处

北斗底星定戊方

　　死水河边翘石立

　　元花树下构短长

　　那或许勾出了一段淹没在历史尘埃中的往事，而不仅仅是一首待解的打油诗。

一县三长

一、大前日各儿

四号高干病室离马路不远，中间隔着一个院子，院子里不规则地长着柏树。在那间病房里，刘岚芝已经度过了四个寒暑。

还有意识的时候，刘岚芝对护士说，大前日各儿……往下就口齿不清地念叨着，念叨念叨，又来了一句：大前日各儿。

外孙和外孙媳妇来看刘岚芝，护士就把这句话告诉给刘岚芝的外孙，外孙和媳妇讨论了半天，他们没明白"大前日各儿"是什么意思。后来外孙把这句话转告给母亲，也就是刘岚芝的女儿，她也不明白是什么意思。护士对刘岚芝的外孙说：会不会是方言呢？外孙说我姥姥老家在鲁南，从没听她说过这样的方言。这件事儿外孙也转告给他母亲了，刘岚芝的女儿想了半天，她说你姥姥这辈子去过很多地方，谁知道她说的是哪儿的方言呢。外孙媳妇有些不耐烦，歪着脸说，你们真是闲着了，别说那句话没什么意思，就是有意思，前不着村后不着店儿，冷不丁那么一句，能代表什么？外孙瞅了瞅母亲，不再说话。

初冬的一场大雪刚停，有几只觅食的麻雀在病室的窗外飞来飞去。刘岚芝的眼睛活泛起来，她的手指动了几下，护士问了半天，知道她是指窗外的麻雀。那个上午，刘岚芝的眼睛不停地瞄着窗外。"大前日各儿。"刘岚芝又开始念叨起来。护士已经不喜欢听这句话了，她甚至觉得那是一种神秘的咒语，巧合的是，三天之后刘岚芝脑血栓第四次"回风"，而那之后，她完全丧失了意识。

事后，护士对医生说起了刘岚芝神秘的咒语，医生笑了，他说应该是鲁北方言，我老丈爹就这样说。没啥神秘的，就是大前天的意思。护士更加糊涂，她不明白刘岚芝为什么在说话时用大前天这个前缀，那个大前天是多深的历史岁月呢？还有，她怎么说起了鲁北方言？刘岚芝的外孙也不明白，他偷偷地和母亲讨论，母亲说，你姥姥刚参加革命的时候就在鲁北，好像叫"冀鲁边区"政府。你姥姥怎么会想起那么早的事儿呢？

刘岚芝卧床四年，她的生命力十分顽强，直到最近两个月，才时而清醒时而糊涂。

二、大老雀儿

那是阳光温和的下午，刘岚芝被陈黎明叫到军政训练大队办公室。路上，刘岚芝想，陈黎明找她不外乎两个方面的事儿：一是上个月她向组织提出，想去旅部文艺队工作，也许这事儿有了结果；再一个就是军政训练大队要升级为军政训练学校。先说文艺队的事儿。坦率地讲，刘岚芝并没有多少文艺细胞，她唱歌五音不全，也不会什么乐器，如果说到文艺队能发挥作用，也就是编编写写。在女子高级中学宣传队，很多抗日救国的口号和诗歌都出自刘岚芝之手。当然，下决心去文艺队主要还是因为胡萍，每次胡萍给她来信都动员她去文艺队。当然，还有一个潜在的因素，通过胡萍，刘岚芝还可以打听陶望之的消息。一年前，刘岚芝和胡萍、陶望之三人从老家一路北上投身革命，离家出走之前，刘岚芝和胡萍并不熟悉，后来她才知道，胡萍投身革命也是因为陶望之，也就是说，陶望之既是她们的引路人，也是她们暗恋的人，两个女人喜欢同一个男人，她们之间的关系微妙起来。然而，当她俩和陶望之离散之后，她们之间的关系又发生了变化，特别是在八路军艰苦的环境里，特殊的经历使得她和胡萍关系密切起来，可以说几乎是情同姐妹。陶望之是死是活不得而知，她们却在八路军队伍里不断成长。刘岚芝成了军政训练大队的教官，而胡萍成了深受部队战士喜欢的"名角儿"。

再说军政学校的事儿。一段时间以来，训练大队的教职员工都在私底下悄悄流传，说训练大队马上就要升级为军政学校，新校长并不是他们一二九师的，而是一一五师旅教导队的队长。

现任大队长陈黎明是江西人，参加过长征的老红军。他是典型的小个子,给人的感觉,沉稳有余活力不足,他古板、教条而意志坚定。刘岚芝能想象出来,对组织上的决定陈黎明是不会提出不同意见的,他一定会坚决服从。那么,他找刘岚芝干什么呢?在他主政的最后时期对训练大队的教员进行一次大调整?

刘岚芝推开陈黎明办公室的房门,房间里空空荡荡。刘岚芝正踌躇着,不知道该不该停留在陈黎明的房间。这时,陈黎明从侧门出来,他用一条本来是白色但已经变成灰色的毛巾擦着嘴,气喘着说,早晨吃了硬东西,老胃病犯了,吐的全是酸水。

刘岚芝一时不知该说些什么,迟疑着:你应该多注意身体!

陈黎明没回应刘岚芝,他伸手指了指办公桌对面的凳子说,坐下来谈,刘老师!

刘岚芝坐下来,陈黎明则坐回到自己的椅子上,他和刘岚芝隔着办公桌,面对面坐着。

陈黎明头也没抬,从抽屉里拿出一张公函,递给刘岚芝。刘岚芝的心倏忽一跳,去文艺队的申请批准了?同时,又莫名其妙地生发出一丝失落感。

刘岚芝抬头瞅了瞅陈黎明,陈黎明点点头,示意刘岚芝打开看看。

刘岚芝小心翼翼地打开了毛边纸加红印的公函——印泥的质量很差,油脂扩散得很大。公函的主要内容是调刘岚芝到冀鲁边区军政委员会分配工作,落款是中共冀鲁边区特工委。

刘岚芝有些糊涂，她问陈黎明，我申请去旅文艺队，怎么收到这么个调令？

陈黎明说，谁说调你去文艺队啦？刘岚芝同志！你要知道，你现在是革命队伍里的人，一切都要服从组织安排。刘岚芝的脸红了，她讷讷着：可是，我不明白，调我到边区军政委员会干什么？

陈黎明拿出一支烟，点燃，深深地吸了一口，然后眼望着窗外说，刘岚芝同志，你要知道，你是军政训练大队的骨干，从心里讲我是不愿意放你的，可我也不知道上面怎么也盯上你了。按理说我不该违反组织原则向你透露情况……你是个成熟的革命干部，所以……跟你透露一下也没关系，你也好有个心理准备——组织上准备让你去乐津县当县长……

"当、当什么？县长？"刘岚芝当时就傻了，那年她刚刚年满十八岁，而此前，县长只是她头脑中的感念。不行不行！刘岚芝说，别说当县长，我连小学校长都没当过！陈黎明说，进训练大队前你不是当过区妇女主任吗？刘岚芝说那个妇女主任只是挂名，我实际工作还不到半个月，这个你是知道的。陈黎明说我知道有什么用，你的履历上这样写的。刘岚芝同志，现在缺干部呀，不然组织上绝不会到军政训练大队来挖人，我们这儿是什么地方？是种子单位，一个教员一年培养成百上千的干部。如果不是实在没办法，能从我们这儿挖人吗？

刘岚芝有些急了，她说不管怎么说，我无论如何也干不了。我不能耽误了革命事业。

陈黎明的脸阴沉着，他说不准你说不行，也不能说不行。

就说我吧,我行吗?我是啥出身,放牛娃,不也一样当训练大队队长?刘岚芝说,你跟我不一样,你听谁说有女县长啊?况且,我根本不知道县长是怎么回事儿。

陈黎明站了起来,背手在地上走了一圈,指着刘岚芝说,参加革命时说要男女平等,教育别人的时候说男女平等,怎么啦,到了自己头上就不算数啦?女县长怎么啦,共产党人就是要出女县长,就是要创造新世界!

刘岚芝的眼圈儿红了,眼泪豆瓣一般,噼里啪啦地掉了下来。她低着头说,我不怕困难,也不懦弱,我是怕误事……

陈黎明坐了下来,他说请你相信组织,组织的眼睛是透亮的。再说了,你不是总给学员讲群众工作吗,不是讲统一战线吗,不是讲防奸工作吗,这些都是你做好县长的基本功啊,当然了,也可以说是基本内容,光说不练可不是我们共产党人的本色啊!

刘岚芝还嘤嘤地哭着。陈黎明不耐烦地说,行了行了,女同志就是麻烦。收拾一下,明天去报到,至于怎么做好县长,特工委领导会给你们培训。……对了,对谁都不要说县长的事儿是我给你透露的。

谈话就这样结束了。多一句陈黎明都不肯说。

刘岚芝去乐津上任的路上,她才神情恍惚地认识到,陈黎明说的一切都是真的。特工委举办的县长培训班实际上还不到一天半,特工委领导也只是跟她做了例行谈话,随后,叫一个班的战士跟刘岚芝赴任。路上刘岚芝才知道,这个班的战士是从二十一支队抽调的,支队长托班长朱大可给刘岚芝捎话儿,说自己为了配合刘岚芝，把警卫排装备最好、战斗力最强的一班抽调给她了。朱大可还十分自豪地讲起二十一支队。这个支队的底子是一二九师的一个工兵连起家的，不到一年的工夫已经发展到三个大队一千多人。支队长曾经是军政训练大队第一期学员，对刘岚芝很敬佩。刘岚芝想来想去，脑袋里打了好几道弯儿，可还是对不上号儿——不知道朱大可说的那个叫曾四芳的支队长什么模样儿。朱大可说曾支队长是了不起的英雄，俺想，支队长敬佩的人一定也是英雄。刘岚芝说我可不是什么英雄。

刘岚芝一行到牛家岔村天色已晚，边区来接应的同志说，前面就是冯大牙控制的小河沿村，他们只能在牛家岔村借宿，明天绕道去下一个交通站。刘岚芝借宿那家姓赵，女人叫赵二嫂，赵二嫂的男人在八路军津浦支队当排长，她在家带两个孩子，应该属于支持八路军的堡垒户。赵二嫂听说刘岚芝是县长，不知道怎么热情才好。那个家本来十分贫穷，存粮也不多，赵二嫂蒸了一锅菜饼子招待刘岚芝他们，吃饭时，两个孩子只能眼巴巴地看着。实在禁不住菜饼子的诱惑，孩子一伸手抓饼子，就被赵二嫂用筷子打了回去。刘岚芝了解到，平时赵二嫂和孩子都喝稀粥，她心里很难过。

还有不适应的是，朱大可在赵二嫂家门口安排了固定岗哨，在村口安排了流动岗哨。刘岚芝对朱大可说自己不是首长，到了县里就属于地方干部了，不需要这么多人保护。朱大可说刘县长，看来你对情况不熟悉啊，乐津地界儿很乱，各路武装你中有我我中有你，况且人心隔肚皮，怎么想的一下也搞不清楚。上个月，特委向乐津派了几名干部，还带了一部电台，没承想，他们到了黄坡村，被一伙打着抗日旗号的匪徒给绑架活埋了。我的任务就是保护好你的安全，有闪失我可担待不起。

刘岚芝这才想起点什么来，她从文件包里拿出了地图，那是一张乐津武装割据地图，用红蓝铅笔标示几种武装的势力范围，国、共、日、伪、顽，成分十分复杂，而与牛家岔一河之隔的小河沿村就是名义上挂靠国民党的河北保安队，态度上摇摆不定、打着抗日自卫军旗号的冯大牙。一个月前，边区的一名通讯员路过冯大牙的防区，被冯大牙扣留，边区出面交涉了半个月，好不容易用200发子弹把人换回来。朱大可对刘岚芝说，特委让我们三天到乐津，咱们千万别让冯大牙那条破裤子把腿缠住了。

晚上，赵二嫂把家里仅有的一床囫囵被子给了刘岚芝，赵二嫂和孩子盖着绽放棉絮的破被子。熄灯了，刘岚芝偷偷把棉被盖在孩子身上。

那是一个怎样的夜晚啊。刘岚芝怎么也睡不着，她参加八路军以来还从未单独行动过，未来如同一个深不见底的黑洞，不知道有多深有多危险。刘岚芝没去过乐津县城，乐津是什么样的，跟家乡的县城一样吗？还有，她将在那个县里当县长，当县长压力更大，比让她上前线冲锋打仗的压力还大。以她刘岚芝的信仰，以她周身流淌着的、青春奔涌的血液来说，她是勇敢而坚定的。刘岚芝知道她不畏惧死亡，可她真的怕当县长。

刘岚芝一直无法入睡,大概后半夜了,她觉得身上痒酥酥的,更睡不着。那些痒随着她身子的扭动并没有减弱,相反,痒的地方越来越多。刘岚芝辗转反侧被赵二嫂察觉到了,赵二嫂起身点着了油灯。

"虱子咬的!"赵二嫂说着拿起刘岚芝身边的被子,在被子边儿咬了起来,一边咬一边移动。刘岚芝仿佛听到了咯吱咯吱的声音,并且看到被边儿的血渍。刘岚芝心里冷飕飕、麻酥酥的。

那一夜刘岚芝并没有脱衣服,但可以肯定的是,她的衣服已经有虱子入侵了。培训大队的宿舍里据说原来也有虱子、跳蚤和蟑螂,刘岚芝和几位女教工入住后,经常清洗晾晒被子和衣服,虱子什么的也基本绝迹了。培训大队那种相对稳定的生活恐怕要结束了,而虱子是刘岚芝融入新生活首先要过的一关。她想。

村里的公鸡开始报晓,随即天色一点点明亮。天透亮之后,赵二嫂就下地去做饭,刘岚芝发现赵二嫂两个孩子的头发上粘着虮子,像芦苇丛挂的霜花,星星点点泛着银白色。刘岚芝用赵二嫂为自己打的热水给两个孩子洗头,赵二嫂说,别管那两崽儿,你自己洗吧。

刘岚芝还是坚持给两个孩子洗头,她从包里拿出一小块儿肥皂,那个肥皂并不是香皂,可还是有油脂的味道。两个孩子从没见过肥皂,一个孩子满头泡沫地跑到赵二嫂跟前,大声喊:娘,真香,你闻闻,真香!

赵二嫂笑了,她说刘大人你别见不上,崽儿没见过洋东西儿。别给他们用贵重东西，白瞎了。

刘岚芝说这不是什么贵重东西，就是洗头发用的。还有赵二嫂，你别叫我大人，共产党不兴那些，我们之间是同志。

两个孩子满头肥皂沫儿，怎么都不肯洗掉。赵二嫂手里还带着面，开始在屋里屋外抓两个小家伙，两个小家伙一边跑一边喊：俺要这香味，俺要这香味！赵二嫂把两个孩子抓住，摁到脸盆里。

虱子虮子是洗不掉的，必须用细密眼的篦子梳头，才可以把粘在发丝上的虮子刮下来。刘岚芝向赵二嫂要篦子，赵二嫂有些羞怯地说，俺过门那会儿从娘家带了一个，天长日久用坏了……刘岚芝心里不是滋味儿，她说，等有机会我再来牛家岔村，一定给你带一个篦子，还有香胰子。

顶着初春的太阳，刘岚芝一行人沿着河道向南走去，不想，前面树丛里传来了枪声。朱大可很快了解了情况，在河对岸发现了不明身份的武装人员，起码二十人。从衣着判断那些人不是冯大牙的队伍，更像是土匪。朱大可说，要不干脆把这伙小蟊贼收拾了，半个小时解决战斗，还能缴获一些战利品。刘岚芝想了想说，我们有任务在身，最好别节外生枝了。朱大可说我知道你担心我们有伤亡，没事儿。刘岚芝反问道："那你能保证没伤亡吗？一旦交火，子弹可不长眼睛。我不希望警卫班刚划过来就有损失，以后我还指望警卫班啃硬骨头呢。"

本来想表现一番的朱大可目光黯淡了："是！"朱大可敬了一个军礼。

刘岚芝在警卫班的掩护下很快摆脱了不明武装的纠缠，进入一片芦苇连片的洼地里。他们辛苦地跋涉了大半天，可还没有走出洼地。傍晚起火做饭，朱大可才发现邹富贵的粮袋瘪了，大概是在奔跑时把装粮袋刮破了，米粒流出。朱大可上前一脚踹在邹富贵的小腿肚子上，骂了一句粗话。邹富贵跪倒在地，他知道自己失职，满面羞愧。刘岚芝过去拉起了邹富贵，厉声对朱大可说，你怎么打人骂人呢，我们是革命军人，不是反动军阀。都是自己的同志，有错误可以批评，但不许打骂。朱大可想辩驳一下，话到嘴边又咽了回去。

朱大可说，大家坚持坚持，到下一个村庄就有饭吃了。

邹富贵迟疑着，最后还是讷讷着说，我去给大伙儿打大老雀儿。朱大可一听，想起邹富贵身上那杆鸟枪。按理说，警卫班的准备是比较齐整的，邹富贵虽然负责班里的炊伙，仍然配发了"苏制莫星·那干步枪"。邹富贵原来有把青岛仿制的鸟枪，不舍得上缴，考虑到他的工作性质，偶尔打几只鸟改善一下伙食，稀里糊涂地保留下来。在警卫一班里，有两支枪的不只邹富贵一人，班里的七名骨干都配两支枪，一长一短，唯一缺乏的就是子弹。还说邹富贵那只鸟枪，粮食充足的时候，没人注意到那支枪的存在，只有这会儿，邹富贵才显示了能耐。

天黑之前，邹富贵用那支装上黑色土药和散碎铁砂的鸟枪打了一大堆麻雀，他指导大家用盐碱滩上的泥将麻雀裹住，放在篝火里烧。

香味出来了，鸟也熟了。

朱大可带头把鸟身上的泥巴摔开，鸟的羽毛全随泥巴壳儿脱落，露出粉嫩的肉来。朱大可递给刘岚芝：趁热乎吃，好吃!

刘岚芝接过来,问脸上抹着烟灰的邹富贵:你管这叫什么?

"大老雀儿。"邹富贵说。

刘岚芝噗地笑了。不过那真是鲜嫩的美味,盐碱土的矿物成分渗进鸟肉里别有风味儿。

三、长果儿

刘岚芝无论如何也想不到,她这个县长还没进县城,县城里已经有了县长,县长叫孙秉恕,是日伪政权委任的"县长"。更为巧合的是,这个孙秉恕还是她的未婚夫。原来,刘家和孙家都算是殷实之家,刘岚芝12岁时就依"父母之命媒妁之言"与孙秉恕订了婚。读女子中学之后,刘岚芝就开始反对封建包办婚姻,给孙秉恕写了一封"罢婚信"。孙秉恕怒气冲天,也给刘岚芝写了一封"退婚信",两个年轻人私下里闹腾,两家老人却毫不知情,仍旧推杯换盏,商量婚事,就在这个时候,"七七"事变爆发,刘岚芝私自离校,从此和家人断了联系,自然也无从知晓孙秉恕的消息。

刘岚芝根据特工委的指示驻扎在距离乐津县城35里的大宗庄,在大宗庄挂出乐津县民主政府的牌子。民主政府的构成是冀鲁边区军政委统一推行的"三三制",并实行新的经济政策。刘岚芝的板凳刚坐热乎，就有人来打官司告状了。

早晨，刘岚芝刚要吃早饭，就听外面嚷嚷着要告状。出门一看，是一个连鬓胡子的中年汉子。刘岚芝从未有审案子的经历，脑子里立即跳过说书人讲的县官断案子的情景。她对身边的朱大可说，问问，来者何人。朱大可显然也没有经历过这阵势，大嗓门嚷嚷：来者何人？中年汉子扑通一声跪下，回答：小民是杨家村的杨木匠，要打官司告状。

朱大可问：因为何事？要告何人？……居然还带上了家乡古装戏的味道。顺这路子下去，还真的就成了县太爷断案了。

刘岚芝意识到了，态度也立马转了大弯，她走过去拉过杨木匠：起来起来，民主政府不兴这个。有什么事儿坐下来谈。杨木匠愣了下，望了望挎短枪的朱大可。朱大可说，县长让你起来你就起来！

杨木匠还迟疑着。

朱大可大声说，你没听清楚啊？

杨木匠一哆嗦，连忙站了起来。

刘岚芝用责怪的眼神瞅了朱大可一眼，让他别吓杨木匠，然后开始打量杨木匠。杨木匠光着脚丫子，初春时节，地面寒气十足。刘岚芝还注意到，杨木匠衣着整洁，衣服上没打补丁，好像刚刚浆洗过，穿这样衣服的人应该不会没鞋穿。不穿鞋打官司算是一种特别的含义还是一种风俗呢？刘岚芝很好奇，就直接问上了：地这么凉，你怎么没穿鞋？

杨木匠转过身，他的后腰里插着两只鞋，黑帮白边儿，崭新。杨木匠说，有鞋，不舍得。脚磨不坏，鞋能穿坏。

刘岚芝愣了一下，随口说，可要是作了病，得不偿失啊。杨木匠露出一口黑褐的大麦粒牙笑了，他说做活儿的人没那么娇贵。

也许源自刘岚芝的平易近人，杨木匠也不拘束了，他断断续续地讲了要告白河村赵老六的原委。去年，杨木匠好不容易为儿子定下黄村农民马庆茂的二女儿为妻，准备彩礼花去了他两年的工钱。不想，前不久运河边的私盐武装队袭击了日本人，那个小队由6人组成，其中一名是中国翻译，其余5人均为日本人。那几个日本人本来是在运河边测绘的，不想，双方动起手来，私盐武装队并没占到便宜，只打死了两名日本人，自己却伤亡10余人。日本人逃窜时并没有丢下私盐武装队希望缴获的"快枪"，只是一些测绘仪器，那些仪器对他们没有任何用处。私盐武装队大概是轻敌了，以为测绘人员没什么战斗力，结果吃了大亏。住乐津县城的日本人注定会报复的，打没打着私盐武装不得而知，却抓了一些人，其中就有马庆茂的女儿，也就是杨木匠未来的儿媳妇马二丫。据说罪名是马二丫给私盐武装队通风报信。马二丫被抓第五天，就被乐津县的鬼子给杀害了，尸体埋在县城护城河外。马庆茂第二天去给女儿收尸，挖开黏土，发现尸体没了，夜里被人盗走了。盗尸体的人把马二丫的尸身卖给了白河村的赵老六，赵老六的哥哥两年前病亡，他为了孝敬光棍的哥哥，买了只有18岁的马二丫的尸身，给他们举办了冥婚。

刘岚芝听糊涂了，关系从阳间复杂到阴间，就是婚姻官司她刘岚芝也不一定能"断"，何况还是冥婚。

杨木匠见刘岚芝发愣，突然想起什么，他解开布腰带，从裤裆里掏出一张叠成方块儿的纸说，俺找村里的秀才写的状子……花了银子的啊。

刘岚芝拿过来看了看，那状子写得半文半白，大意是，赵老六不讲道义，趁火打劫，要予以杨木匠赔偿云云。刘岚芝说，从因果关系上来说，你是不应该告赵老六的。杨木匠立即警觉起来，大声说，赵老六抢了俺的儿媳妇，为嘛俺不能告他？刘岚芝说，赵老六是从哪儿抢到的呢？杨木匠说，那俺不管。马二丫生是俺杨家人，死是俺杨家鬼，埋到他赵老五的坟里给他当媳妇，不是抢俺的是抢谁的呢？刘岚芝问，你认准赵老六抢了你的儿媳妇，现在马二丫死了，你儿子还活着，你想要马二丫的尸体给你儿子当媳妇？杨木匠一时语塞。刘岚芝指了指状子说，你要求赔偿云云，赔偿什么？赔偿多少？杨木匠支吾着，俺要的也不多，把俺给马庆茂的彩礼钱退了就行。

"要彩礼应该向马庆茂要啊。"

杨木匠说："向马庆茂要、要不了。"

"为什么要不了？"

"他家刚死了人，不太好……"

朱大可实在忍不住了，他飞起一脚踢在杨木匠的屁股上："混账的东西，你还知道不好啊？……马二丫为革命牺牲了，你还在这儿胡闹，我看应该先打你50大板，然后再把你关起来。"

刘岚芝大声喊道，朱大可！你是县长我是县长？你公开违反组织纪律，我看应该把你关起来，让你好好反省！

听到喊声，两个战士跑了进来。刘岚芝对两个战士说，我宣布朱大可同志暂时停职，独自反省，带朱大可下去！

朱大可被带了下去。

刘岚芝扶起浑身发抖的杨木匠。对杨木匠说，你先回去，我们要做调查研究，等了解情况后再审理官司，请你相信，抗日民主政府会给老百姓做主的。

杨木匠走了，刘岚芝的负担反而重了。

刘岚芝找来县政府组成人员冯秋成和邱书吏。原农业学校校长出身的冯秋成和开明绅士邱书吏两个人的看法很不一致。关于赵老六的赔偿问题，邱书吏认为赵老六应该按民间习俗赔偿杨木匠，冯秋成则认为赵老六没理由赔偿杨木匠，因为他们俩之间没有因果关系，尽管他认为赵老六的做法是错误的，可买尸体本身也有损失。如果杨木匠一味地追究，应该先找马庆茂，马庆茂再找赵老六，赵老六再找卖尸体的人。这个追诉链条其实是不成立的，因为赵老六并不能找到那个盗尸贼，按当地的风俗，冥婚交易中的盗尸贼是不露面的。邱书吏不同意，他认为马庆茂已经够惨的了，不应该继续在马庆茂的伤口上撒盐。

刘岚芝准备亲自走访马庆茂，她认为妥善解决这个问题对新生的民主政府来说，是一件十分重要的事情。

下午，刘岚芝去看独自反省的朱大可，到了牲口饲料棚那个临时"禁闭室"，才发现朱大可并没有在里面写检查材料。

刘岚芝喊了几声"来人"，系着围裙的邹富贵跑了过来。刘岚芝问朱大可哪儿去了。邹富贵说，朱班长带两个战士出去，他们一人带一个饼子，像是出了大宗庄。刘岚芝的血立即涌到头顶，她对邹富贵说，你去给我备马，要快！

邹富贵迟疑着。

刘岚芝说，怎么，你也想不服从命令？我给你一袋烟的工夫！……我还真不信了，看看你们二十一支（队）出来的，都是些什么虾兵蟹将。

没到一袋烟的工夫，邹富贵自己全副武装地牵着两匹马过来。

"干什么，你？我没让你备两匹马呀？"

这时，通讯员小顾跑进来。小顾气喘着报告说，刘县长，有紧急文书需要处理！刘岚芝打开小顾递来的公文包，里面掉出两个封信。一封是特工委的指示，要求刘岚芝紧急筹集军粮300担，同时，为应付春季饥荒，动员全县农救会向地主开展"借粮"运动，并附有具体的政策、要求和注意事项。另一封信的落款居然是"乐津县自治政府"字样。刘岚芝打开信，信的落款是"乐津县自治政府县长"孙秉恕。刘岚芝的血又顶到了头顶，刚想把信撕了，平静了一下，还是把信读了下去。

岚芝：见字如面。

前日得悉，汝已来乐津地界。纷乱世道，求生不易，壮志更难酬。吾等本为夫妻同林，却各鸣他界。自上次书信互责，一直愧怍万分，反省吾所作所为，难以宽宥。为夫为婿有罪，没护好妻之娇羽，使汝误入歧途，飞临险地。我虽东洋留学，仍为中华儿孙，识潮流，明大理不易，背负汉奸之辱，卧薪尝胆更不易。谅你年少单纯，自难识破诡局，然为夫为婿更觉责任深重，欲救汝于水火，更加爱惜吾妻，百年修就之姻缘。吾时刻静候汝幡然悔悟，来投夫婿怀抱，比翼双飞，共担国难，光宗耀祖。……

刘岚芝呸了一口，骂道："真臭不要脸！"

刘岚芝问小顾信从哪里得来，小顾说交通站转来的。刘岚芝回到办公室写了一封回信。这次她要用大白话写，骂也骂得痛快。

上次刘岚芝给孙秉恕写信罢婚，就是用文言文写的，本来她早就习惯了白话文，可不知道为什么，觉得罢婚这样的信还是用文言文写有劲道。接受东洋教育的孙秉恕的回信却是白话文，写得怒气冲天，洋洋洒洒。奇怪的是，这次孙秉恕居然半文半白地用上了文言文。大概，他觉得刘岚芝习惯文言文吧。

刘岚芝写道：……你和我已解除了婚约，没有任何姻缘关系，不要再来卿卿我我那一套，说那些我觉得羞耻。看在你祖宗是中国人的分上，我代表乐津抗日民主政府郑重地告诫你，悬崖勒马，回头是岸，不要做辱没祖先、背负骂名的走狗汉奸！……

信写好了，封上递给小顾，刘岚芝又要了回来。刘岚芝补充一句：乐津县是中国老百姓的，我代表乐津县人民警告你，如果你帮日本鬼子蹂躏作践中国人，我们会让你血债血偿！落款：乐津抗日民主政府县长刘岚芝。

处理完公文,刘岚芝想起朱大可的事儿还没处理。而此刻邹富贵已经不见了踪影。刘岚芝喊邹富贵,小顾说,刘县长你别找朱班长了,他知道自己错了,上午他让我抽了他三鞭子。

"抽了他三鞭子,你有什么权力抽他三鞭子?"

小顾十分为难,他说我也没办法,不执行命令不行。

刘岚芝从小顾那里了解到,朱大可认识到自己的错误,不过他不能写检讨书,他连自己的名字都写不好,让他写检讨书不如杀了他。所以,他找来小顾,让小顾替刘岚芝惩罚他,惩罚时,小顾还必须"当"刘岚芝,还得说话。朱大可说,刘县长我错了,你惩罚我吧。小顾还得模仿刘岚芝的口气说话,问,知道你错在哪儿啦?朱大可说,我错在违反组织纪律,不该说的话不说,错在打骂老百姓,犯了军阀作风。小顾说,就这样,他让我抽他三鞭子,我下不了手,可他逼我,没办法,我就闭眼抽了一下,朱班长火了,让我使劲抽他,我……他身上血淋淋的。后来他说要戴罪立功,带两个战士去找杨木匠赔礼道歉,他还说,你一定会找赵老六和马庆茂了解情况,他怕你去有危险,所以替你去了。

刘岚芝一时无语。

邹富贵从马棚后面露出头来,被刘岚芝看见。刘岚芝说,什么戴罪立功,我看他是罪上加罪!

小顾瞪着眼睛望着刘岚芝。刘岚芝说,他自己犯错不说,还拉上我,让我犯军阀作风,我怎么能用鞭子抽自己的同志呢?你说,这不是罪上加罪吗?

小顾噗地笑了。

刘岚芝说，你还好意思笑，我真服你们二十一支（队）的人了。等县大队的武装建立起来，我立马让你们归建。

小顾说，你这么好的首长，我们还没跟够你呢。

刘岚芝说，你甭嘴上抹蜜，我知道你们心里怎么想的，不是有人发牢骚吗，什么不属于正规部队了，打不了硬仗了，落毛的凤凰不如鸡！

小顾问，谁说的？

刘岚芝说，别问了，别以为我什么都不知道。

这时，邹富贵走了过来，他拿过一包油纸包的东西。小顾迟疑着说，刘县长，有个事情开始没敢报告。

刘岚芝问什么事儿。小顾不说，捅咕邹富贵说。邹富贵说，长果儿。

"什么叫长果儿？"刘岚芝打开油纸包，发现里面是油炸花生，香味扑鼻。

小顾说，这个，是随信来的。

刘岚芝笑了，她说这有什么不敢报告的，顺手捏了几个放在嘴里，嚼着，香溢满口。"来，有福同享，你们也吃点。"刘岚芝把花生分给邹富贵和小顾，两人都金贵地拿着，一口一粒，不舍多吃。

刘岚芝问小顾，是特委哪个首长送的？

小顾支吾着。

刘岚芝说，咱不能稀里糊涂地吃了，得领人家这份人情啊。

无奈，小顾说，是跟乐津城那封信一起来的。刘岚芝当时就傻了，表情呆了足有一袋烟的工夫。接着，刘岚芝吐了起来，随手把油纸包扔到地上，转身离去。

刘岚芝走后，邹富贵和小顾一个粒一个粒地捡地上的花生。邹富贵对小顾说，这么金贵的东西不能糟蹋了，那个孙"县长"是汉奸，可长果儿不是汉奸。小顾说，对，这个我可以想明白，咱用的三八大盖还是鬼子的呢。

那天下午，他们捡地上的花生就像捡金豆子。

后来，刘岚芝知道了这件事儿，她心里难过了好一阵子，战士们的生活的确太清苦了。

四、讲地

早春的大地仍寒气汩汩，而平原上的风在恣肆中却蕴含着暖意。桑葚也羞涩得试探着开始冒芽儿了。

一个月下来，刘岚芝在忙碌中也体会到了价值。筹集300担军粮的任务圆满完成，县大队也顺利组建。朱大可尽管心有不甘，可特工委的一纸调令让他彻底从"主力部队"落到了地方。人虽然下嫁了，可职务提升了，朱大可正式出任县大队队长，手下由原来的11个大头兵扩编到101人。小一个连人马，他朱大可也算是破格提拔了。

任命下来的当天，欢喜劲儿没过的朱大可就被杨木匠挡在院子外。

打了一个阶段的交道，杨木匠不那么怕朱大可了。朱大可说你怎么总是缠着我，我不是跟你说过吗？赔偿的事儿解决不了。

杨木匠说，娶了我家的媳妇就得赔偿我的损失，欠债还钱天经地义，从古到今都是。

朱大可和杨木匠说不通，还不希望杨木匠打扰刘岚芝，这段时间，刘岚芝忙借粮的事儿，已经搞得筋疲力尽了。

杨木匠说，我不跟你说，我要找刘县长。

朱大可说，刘县长不在。

杨木匠说，你糊弄三岁两岁小孩啊，我早就盯着了，刘县长进了大院就没出去。

一个要进，一个阻拦。吵吵闹闹的声音把小顾招来了。

小顾说，刘县长真不在，去大潭镇了。

杨木匠不信，一定要闯关。

杨木匠面对朱大可一个人的时候不闯关，小顾出现之后开始闯关，说明杨木匠还是有他的智慧的，他怕和朱大可一个人撕巴占不到便宜，而且还没有证人，小顾的出现，让杨木匠来了劲头儿，他像准备用锛头砍木头一般，先是在两个圈起的手里吐口唾沫，吼了一声，闷头向刘岚芝的办公室方向冲去。朱大可拉了杨木匠一把没拉住，大声给小顾下达命令，小顾却笑盈盈的像个局外人。

杨木匠冲到刘岚芝的办公室，里面空空荡荡。

小顾给一脸怒气的朱大可使了眼色。朱大可说，不是跟你说了吗，刘县长不在！

杨木匠眨了眨眼睛，不信，他那架势非要翻出刘岚芝不可。

此刻，刘岚芝真的不在办公室，她已经来到了大潭镇。刘岚芝离开办公室小顾知道，那个时候，朱大可正表情严肃心里窃喜地欣赏毛边纸任命呢。

刘岚芝到大潭镇是处理孙德礼抗拒借粮问题。孙德礼是大潭镇的地主，还有一层关系，他是孙秉恕的父亲。也就是说，她曾经是孙德礼未过门的儿媳，两家还曾有多年的旧交。大潭镇农救会应该知道刘岚芝和孙德礼的关系，不然，不会在矛盾激化的时候三番五次地派人请她出马解决问题。

"春借平斗，秋还尖斗。"一斗40斤左右，由农救会打条盖章，兑付现粮，再由农救会分头借给贫困户，让受灾的农民度过春荒，好有力气讲地。一开始刘岚芝并不明白"讲地"的意思，经过解释她才明白，讲地就是种地，方言就是这样，一县不同调，一乡不同音。按县政府推行的"借粮"政策，叫先易后难、先礼后"兵"。很显然，孙德礼是个老顽固，光"礼"不好用。大潭镇农救会开始对孙德礼用"兵"，原因似乎可以理解，孙德礼不同于一般的地主，他的儿子是汉奸县长。所以，当孙德礼不配合借粮运动时，农救会就把孙德礼给绑了。

对孙德礼用"兵"刘岚芝是知道的，父亲百里之外来找她说过情。原本因刘岚芝罢婚和离家出走而惹恼的父亲是很难主动找她的，禁不住孙德礼家人的哀求，父亲只好牵一只小毛驴，穿越不同武装割据区来找刘岚芝说情。刘岚芝没给面子。父女俩谈了两天，不欢而散。这期间，孙秉恕也派人来找过刘岚芝，敌我对立，刘岚芝更不会理睬了。那段时间，华北日军主力南下，为保护津浦线的安全，日军驻守的几个师团、旅团都集中在津浦路德州至济南段。仰仗日本人的孙秉恕无力顾及乡下，日本人也不会单单为了这个傀儡县长的父亲被扣押而采取军事行动。

刘岚芝到了大潭镇之后才知道，事情远比她想象的复杂。孙德礼不单被扣押，而且被农救会用了刑。如果孙德礼老实配合，也许事情还有些转机，谁知考过秀才的孙德礼是个死硬派，拒不配合，农救会有人气不忿儿，给孙德礼坐上老虎凳，可孙德礼死活也不提供藏粮地点，不仅不配合，还采取了绝食的办法。后来农救会怕死了人，突破了政策的界限，只好请刘岚芝出面。

刘岚芝了解情况之后，让大潭镇农救会立即放人。谁想，孙德礼死活不肯离开，无奈，刘岚芝亲自去见孙德礼，孙德礼被关在原来镇公所的一个地下室里，阴暗潮湿，充满了霉菌和腥臭的味道儿。刘岚芝向孙德礼说明情况，并代表县民主政府向孙德礼道歉。孙德礼始终不理睬刘岚芝。

刘岚芝去孙德礼家拜访，接待她的是孙德礼的小妾蓝花，丫鬟出身的蓝花没见过刘岚芝，不过她早就知道刘岚芝的名字。一见面蓝花就嘤嘤地哭起来，一把鼻涕一把泪的。刘岚芝说大潭镇农救会违反了工作纪律，行动过激，委屈孙德礼老先生了。蓝花问，老当家的还活着吗？刘岚芝说还活着，蓝花又是哭天抢地的。刘岚芝说，我来就是要放孙德礼老先生回家的，可是老先生不肯自己回来，希望你们家里多派些人，如果他不回来，就把他抬回来。

蓝花愣了一会儿，小声对刘岚芝说，我知道老爷子没抖搂……所以你才来找我。刘岚芝回头瞅了瞅随行人员，农救会的人对刘岚芝说，抖搂是鲁北方言，就是交代的意思。刘岚芝明白了。她对蓝花说，孙德礼老先生的确没抖搂。蓝花说，我豁出去了，就算老爷子回来责怪我，打我骂我休了我，我也不能见死不救了。粮食……粮食藏在后院的地窖里。

刘岚芝说，我知道你们已经不信任我了，可我这次真的是来放人的。

蓝花小声对刘岚芝说，大潭镇的人说，这件事从头到尾都是你在幕后操纵。我知道，大少爷当了汉奸县长，有良心的中国人都恨他，只是不知道大少爷怎么把你伤到这种程度。

刘岚芝说，我和他没关系，也没有个人恩怨，如果有也是民族大义。

蓝花带人把孙德礼连拉带架地抬回了孙家。后来刘岚芝听说，大潭镇农救会把孙德礼藏匿的粮食挖了出来。刘岚芝也听说，孙德礼回到家，一气之下沉疴不起。

大潭镇借粮事件引起特委的关注，特委派一名副书记带工作组来了解情况。三天后，刘岚芝匆匆忙忙赶回大宗村，第一眼就见到了陈黎明。

刘岚芝十分兴奋，她说回来的路上，两只喜鹊还陪伴着我，没想到见到了你。陈黎明并没有表现出刘岚芝希望看到的热情，他板着面孔说，我是来工作的。

进了办公室刘岚芝才知道，陈黎明已经调到特委任副书记，这次带工作组下来，主要是调查大潭镇借粮事件并指导春耕前的减租运动。

还没吃饭吧，我让炊事员给你做点饭。刘岚芝说。陈黎明耷拉着眼皮，冷冰冰地说，我和工作组生活上的事儿你就不要操心了，这两天你先写材料。刘岚芝笑着问，写材料？是检查材料吗？陈黎明说这样理解也行。刘岚芝心凉了，她说要停职审查我吗？要不要关禁闭？陈黎明说，我们要先了解情况，至于组织处理问题还要等情况调查清楚之后。刘岚芝苦笑着，当初我跟你说我不适合当县长，你根本不考虑我的意见。真的当了县长，我几乎倾尽所有心血，这两个月，我几乎感觉不到我的存在，可还是有顾及不了的地方，还是出了问题。我可不是神仙……陈黎明说，这是两回事儿，主观和客观是不同的，我们就事论事。……对了，材料要全面细致，包括大潭镇借粮事件的过程，存在的问题和教训。等你的材料完成了，我们也全面掌握了情况，我再正式跟你谈话。

刘岚芝问，什么都不想跟我说了？

陈黎明说我说得已经很清楚。

"那工作呢？都停下来吗？"

陈黎明有些不耐烦了，他说："我说得很清楚。"

刘岚芝眨了眨眼睛，觉得陈黎明说得并没有那么清楚。

朱大可回来了，几天前，他拉走了县大队主力，配合二十一支队围歼盘踞在小河沿村的冯大牙武装。围歼冯大牙武装已酝酿一段时间了，刘岚芝并不了解内部情况，她所知道的是，冯大牙已经投降驻德州的日军，屡次向八路军挑衅，在大赵村、丁村一带挖沟垒墙，扣押八路军过往人员，活埋抗日干部，谈判无效后，边区军政委员会决定收拾冯大牙。乐津县大队主要是配合主力部队打阻击战，防止驻乐津的日军岩下大队和伪军增援。"我听说打得不错。"刘岚芝问。朱大可说，大获全胜，大获全胜啊。县大队只牺牲一人，伤六人，咱们阻止了鬼子和伪军一个下午的进攻。说着，朱大可从口袋里拿出了一个油印的嘉奖通报。刘岚芝接过来，看一看，刘岚芝说，朱大可同志，我觉得这里面有问题啊。

"有什么问题？"朱大可显然有些扫兴。

刘岚芝说，你看看这里写的，乐津县大队200余名战士英勇参战……咱们县大队经过补充，满编不是123人吗。留守大宗村的邹富贵中队23人，据说还有2名病号。这样一算，参加战斗的不足100人啊。

朱大可狡黠地笑了，他说这没什么，这是我的策略，现在各个县大队都在拼命地壮大自己，队伍壮大了，军分区才能提高装备和给养。我这是为了我们发展壮大留空儿。刘岚芝说可你这是弄虚作假啊。朱大可说也不能算弄虚作假，你不希望咱们发展壮大啊，再说了，不足100人完成了200人的任务，就不应该算弄虚作假。

"你真会狡辩。"刘岚芝嘟哝着。接着，继续看通报，"我看就是弄虚作假。"语气非常严厉，刘岚芝指着油印单说，"经过一个下午的激烈战斗，共毙伤日伪军100余名，其中日军30余名。这个也太假了吧。你说说看，鬼子和伪军一共出动多少？"朱大可说："日军一个小队，伪军一个连。"

"那就是说，你们基本把鬼子和伪军都消灭了。"

"那倒没有。"

"没有是多少?"

"大概……后来他们打了一阵子炮，就逃回乐津县城了。逃的时候抬了不少伤员和尸体。"

"你们缴获了多少武器呢?"

"不算多。"

"不算多是多少? 要说具体。"

"5支长枪，3把军刺，7个水壶，6个武装带。"

"那你怎么判断出敌人死伤100余人，而且其中鬼子30余人呢?"

"嗜，就是个数呗，有那么重要吗?"

"当然重要了，这里有组织纪律问题。"

"刘县长，你可别吓唬我。"

"我没吓唬你，军事上你归军分区指导，可组织上，你还归乐津县委领导。你要回答我的问题，这个数是怎么得出来的?"

原本来报喜的朱大可像长得欢实的茄子遭遇了霜冻，脸色瞬间少了光泽。他说是下面各中队凑的数儿，我也没考虑就上报了。我没想数上有什么问题，数多了也不是什么坏事儿，起码可以鼓舞士气……

刘岚芝严肃地说，其实你根本不用报虚数，你们一个中队阻击了鬼子和伪军的增援部队，圆满地完成了任务，而且咱们的伤亡不大，这些足以够上嘉奖了，何必还违反组织纪律呢。

朱大可不说话了。

"这样吧,"刘岚芝说,"回头你们大队重新写一份报告,说明实际情况,纠正谎报的数字,同时说明,由于打扫战场时间仓促,敌人伤亡情况不详。……可以吗?"朱大可摇了摇头,接着又点了点头。

朱大可灰心丧气地离开。刘岚芝想,得找时间跟朱大可好好谈一谈,思想问题不解决,以后一定会出问题的。可找个什么样的时机好呢,还得让他心服口服。

这次,刘岚芝本以为朱大可生气了。不想,天一擦黑,朱大可拎着饭盒进来了。

"刘县长,我给你煮的荼汤子。"

荼汤子也是鲁北方言,指白面粥。时间不长,朱大可居然也说上了鲁北方言。刘岚芝盯着朱大可手里两层墨绿色的金属饭盒说,你哪儿弄来的新鲜玩意?朱大可说缴获小鬼子的,东洋货。

刘岚芝冷着脸说:"这个也违反纪律的吧,缴获要归公的。"

"是啊,归咱乐津县抗日民主政府了。……你别瞅我,这次的战利品是经过军分区同意留下的。"

刘岚芝笑了,问朱大可:"本来以为你生气了,我不叫你你是不会主动来见我的。"朱大可说怎么能呢,我下午想明白了,你批评得对。刘岚芝有些好奇地问,以往,你脑子没这么快就转弯儿的呀。朱大可说惭愧啊惭愧,下午我才知道,你都反省写检查材料了,还有心帮助我,一比,我还能说什么?

刘岚芝本来空落落的心有了安慰,对朱大可说,你陪我吃吧，我还真饿了。

朱大可坐下来陪刘岚芝吃饭，同时讲了敌我斗争形势。朱大可告诉刘岚芝，军分区和各县大队打了招呼，敌我斗争形势会越来越严峻，让各县抓紧训练队伍，积极备战，将来，血战、恶战在所难免。刘岚芝顾不上吃饭了，她打开了军用地图和朱大可一起研究起来。那张地图是她参加冀鲁边区特工委培训班时从首长手里软磨硬泡弄来的，那次培训班，萧华司令员作过《放弃武汉后的形势与当前的紧急任务》《游击战术》的报告——地图红色区域是冀鲁北根据地，北面是国民党冀省主席鹿仲麟，民团司令张荫梧的势力范围，东南面是国民党山东省主席沈鸿烈的势力范围，伪军华北自治联军副总司令刘佩臣和日本兵驻沧州。这几股势力都相互交叉，犬牙交错。朱大可说情况已经发生了新的变化，前不久鬼子兵力开始增加。

刘岚芝说，这样看来，斗争形势的确越来越严峻了。朱大可说，县大队整编和扩编的事儿是不是应该抓紧进行。刘岚芝说我今天给特委写一份报告，明天让小顾送走，具体工作你抓紧做。

"我想藏个心眼儿，把邹富贵那个中队做成双建制，表面是一个中队，实际上配备三个中队的人马，这样，即使上面不批，开战了咱也有了差不多一个大队的预备队。"

刘岚芝一听，立马非常严厉地说："朱大可，你怎么又动这个歪脑筋。你的思想有问题，这样不行的！"

朱大可说："我知道你的肩膀担不动这么大的事儿，你干脆睁一只眼闭一只眼。"

刘岚芝一脸难色:"那你为啥跟我说呢?"

朱大可说:"是哩,你本来就不知道,出了事儿我兜着。"

刘岚芝坚决不允许这样的事情出现,她如实地向上级打了报告,并且事后严肃地跟朱大可谈话,强调对组织忠诚的重要性,直到把朱大可说到心服口服才罢。

刘岚芝拿着材料去找陈黎明,陈黎明去大潭镇调查没回来。往办公室走的时候,正好碰到杨木匠。杨木匠说,我算看明白了,从古到今当官都是一样的,没有一个当官的是为民做主的。其实杨木匠还真是冤枉刘岚芝了,且不说刘岚芝有多少挠头棘手的事情需要处理,但就这个"冥婚"官司来说,处理起来也没那么简单。往往就是这样,民间纠纷的调解远比有些大的事情甚至武装斗争还费周折。从当事人那头说,杨木匠、马庆茂和赵老六三人的立场、想法和要求都不挨边儿、不接茬儿。而县政府内部几个人的意见也不统一。那天,刘岚芝连夜召集冯秋成和邱书吏研究"冥婚"案,冯秋成和邱书吏争得脸红脖子粗,还是没有结果。无奈刘岚芝提出了一个方案,即将马二丫的尸体归还马庆茂,由马家重新安葬。冯秋成和邱书吏都觉得这倒是一个好主意,不过,冯秋成的疑虑是,担心杨木匠不会同意,邱书吏则担心赵老六不配合。冯秋成说,杨木匠在这一带很有名,他的口头语是赚钱难吃屎难,赚钱比吃屎还难,他的命可以舍钱不能舍,彩礼打了水漂儿,他不会善罢甘休。邱书吏说,要说花钱,赵老六花的是现钱,如果从坟里把马二丫起出来,赵老六能让?关键是赵老六并不知道这个尸身是谁,他花钱买的只是尸身,跟谁有关系他并不在意。

刘岚芝说，我一直不明白的是，马二丫是马庆茂的女儿，可马庆茂像与这件事无关似的，反而是有间接关系的人在打官司，没完没了。

冯秋成说，鲁北这地方就是这样，要么出来个天不怕地不怕的，要么就是老实得拿杠子压都压不出屁来的。很多都是马庆茂这样的人，胆小怕事，女儿死了都不敢放声喊几声。

刘岚芝说那就这样吧，明天把他们三个人找来，咱们当面锣对面鼓地论一论，我总的想法是让马庆茂把女儿的尸体领回去，这也算是天理公道吧。

刘岚芝这样说，冯秋成和邱书吏都没话儿了。

正如预想的那样，官司调解得并不顺利，赵老六死活不同意，杨木匠也坚决反对，只有马庆茂呆呆地坐着，仿佛这件事儿跟他无关。刘岚芝想，马庆茂的眼泪大概是哭干了吧，眼睛里一点湿润的意思都没有。

刘岚芝送走客人，回到办公室时就觉得气氛很不对。陈黎明和两名工作组成员凶神恶煞地站在她办公室门前。陈黎明严厉地说，刘岚芝同志，我跟你说得不清楚吗？

刘岚芝懵懂地望着陈黎明。陈黎明说，我让你写反省材料，没让你处理县政府的工作。刘岚芝明白了，自己到底还是被停止工作软禁了。

两名工作人员过来，其中一个小伙子说，对不起领导，只能关您禁闭了。

关刘岚芝禁闭的地方也正是刘岚芝关别人禁闭的地方——牲口饲料棚。那几天陈黎明没露面，只有工作组的人轮番来找刘岚芝谈话，按理说朱大可应该有办法来探望刘岚芝的，可一直没见到朱大可的影子。

工作组谈话的重点是刘岚芝和孙秉恕的关系，什么时候订婚的，什么时候解除婚约的，通过信没有，信里都写了什么，等等。刘岚芝知道组织上误解了她和孙秉恕的关系，可她的解释似乎没什么力量。当工作组带着一脸伤痕的小顾出现时，刘岚芝真的恼怒了。刘岚芝说，我的确收过孙秉恕的信，也吃过他给的花生，你们鲁北叫长生果。但信的内容我背不下来了，不入心的字，我根本背不下来。

第二天早晨，陈黎明终于出现了，他先给刘岚芝倒了一杯水，走到刘岚芝的背后轻轻地搕了刘岚芝的肩一下。陈黎明长出一口气，说事情都搞清楚了。

刘岚芝的眼泪瞬间涌出，她一句话都没说。

陈黎明说，组织的审查可能严格了一点，请你无论如何都要理解，你和普通的干部不一样，你的角色十分重要，明面上你是乐津县抗日民主政府县长，背里你是县委书记，你一个人影响一个县啊，我这样说你该明白了吧？咱根据地7个县，丢一个人可能就丢一个县……当然，我之所以过分严格，也算有我个人的私心，我们是在一起工作过的老同志，更应该铁面无私，当然……我的意思是……岚芝同志，其实，我……我非常希望你纯洁无私，是最忠诚的无产阶级革命战士……你可能也看出来了，我对你有私人的感情……

刘岚芝愣住了，问陈黎明："你说什么？"

陈黎明摆了摆手说，不说个人的事儿了。经过充分细致的调查，情况都搞清楚了，工作组认为，虽然你还有些经验不足，但你是个称职的好干部，好同志。

刘岚芝抹了一下眼角，苦笑着说了声谢谢。

陈黎明和刘岚芝出了临时禁闭室，朱大可迎面走了过来。朱大可看了看刘岚芝，刘岚芝的心倒悬起来，从朱大可的眼神儿里，刘岚芝看到了杀气，而远处房顶还架着机枪，隐约闪动着人头。刘岚芝对朱大可说，没事儿没事儿，我跟陈书记谈工作……朱大可你这一段跑哪儿去了，影儿都没有。

朱大可愣住了，接着醒悟过来，他说参加军分区的军事行动，陈副书记，这个你应该是知道的吧。

陈黎明笑着说，军事行动的事儿不归我分管。

刘岚芝舒了一口气，还好赶在朱大可行动前解除了误会，不然，朱大可酿出大祸，她的命运也许由此而发生颠覆性改变。

陈黎明离开大宗村前对刘岚芝说，听说国民党高树勋部已经进入鲁北，同时任命了各县的县长，你面临的压力会更大。

刘岚芝说谢谢。其实那句话完整的意思是谢谢老领导的提醒。礼貌到那种份儿上，其实刘岚芝的心已经和陈黎明疏远了。不过，陈黎明后来嘱咐她的话她却记在了心上。陈黎明说，现在看来，一个县的地界上有了三个政权，三个县长，要我看啊，归根结底，并不是哪个县长能武力威胁人，有钱有势力，关键要看老百姓支持不支持，所以，争取民心是唯一的取胜法宝啊。

说是和陈黎明的心疏远了，可陈黎明走之后，他说的那句

"我对你有私人的感情"刻板的声音,还是在刘岚芝入睡前,时不时回荡在她的耳畔。很显然,陈黎明不是自己喜欢的类型,他就像一个没有温度的器物……比如桌子。与陶望之不同,陶望之是果敢的、生动的,在远处他是传说,描绘着天边的彩虹,在近处他刚毅的目光和身体里发出的男人气味儿吸盘般牢牢牵引着她。奇怪的是,陶望之那彩虹太遥远了,以至于渐渐模糊了,而徘徊在她的眼前的正是那张呆板的"桌子"。刘岚芝有些厌倦去想那些,她把所有的精力都投入减租减息和"讲地"上,减租是县民主政府推行的新经济政策,具体为两点:一是包租减租,一律按原租额减二成五;二是分租减租,佃户种地主的田,收获的粮食地主得 4 份,佃户得 6 份。春耕时节,对农民来说,抢节气就是抢一年的收成,而对刘岚芝来说,"讲地"关系到乐津县抗日民主政府一年的未来。

那天下午,刘岚芝到白河村了解"讲地"情况,站在地头,春风拂面。刘岚芝也萌发了一种莫名的神秘力量,这种力量来自身体内部,也来自自己脚下的大地。

这时,小顾气喘吁吁地跑了过来,他给刘岚芝递来一个纸条儿。刘岚芝接到纸条,直看到脸色红润,其实纸条只有十几个字:明天,我在乐津县城群英楼见你,望之。

刘岚芝对小顾说,你告诉朱大可一声,明天我带你去一趟乐津县城。

小顾说现在和以前不一样,路上情况复杂,很危险。要不要多带些人去?刘岚芝说不用,你自己陪我去就行。

小顾犹豫了:"我个人家(自己)?……可我怎么跟朱大队

长说呢?"

刘岚芝说,你什么都不要跟他说。

纸条儿是陶望之写的。刘岚芝为了见陶望之第一次对组织内部做了隐瞒。

五、刮拉报子

太阳明晃晃的,刘岚芝带着小顾一路阴影地来到挂着四个幌的群英楼饭店。进了店门,刘岚芝就看到那个熟悉而亲切的身影——陶望之站在通往二楼的楼梯口儿。陶望之看见刘岚芝没有说话,转身上楼去了,刘岚芝示意小顾在楼下等候,自己也随之上了楼。

在二楼一个小包间里,刘岚芝终于见到了自己崇拜、暗自思念的男人。

陶望之商人打扮,一袭长袍,还披了黑色的斗篷。刘岚芝则一副农妇的装束。两人相见并没有亲切的场面,见陶望之,刘岚芝紧张得手心都是湿的。陶望之问,岚芝,你还好吗?刘岚芝的眼睛有些湿润,又怕陶望之察觉出来,咬着嘴唇使劲点了点头。"你呢?"刘岚芝问。陶望之说我挺好的。看到你健康的样子,我就放心了。

彼此问候之后,他们似乎都关心分手后对方的情况。从陶望之那里,刘岚芝了解到当时的实际情况。当初,刘岚芝、胡萍随陶望之北上参加革命,那是阴雨绵绵的日子,他们一路泥泞地跋涉了一天,不想,那天晚上在运河边一个村子里被私盐土匪武装盘查,陶望之怕刘岚芝和胡萍落到土匪手里,就将刘岚芝和胡萍藏在一条破船上,他本想引开土匪,跑了一里路之后还是被土匪抓住了。陶望之在土匪窝里混了一个月,终于有个机会逃了出来,找到了济宁国民党党部。而陶望之在土匪窝里艰难度日时,刘岚芝和胡萍却跑到了八路军的根据地。

"谢谢你,当初要不是你救了我们,现在我们还不知道会怎样。"

陶望之说千万别怎样说,我一直十分愧疚,是我把你们俩带出来的,可路上把你们丢了。对了,胡萍现在怎么样?

刘岚芝说胡萍很好,现在已经成了文艺队的名角了。陶望之有些感慨地说,短短两年时间,世事竟发生这么大的变化……我是前一段才得到你的消息的,听说你在八路军这边,还当了敌占区的县长。所以这次我主动申请到鲁北来工作。岚芝,过来跟我一起工作吧。

刘岚芝的眼泪快下来了。她说如果当初我们没分开,我们一定会在一起。

陶望之说现在也不晚啊,现在国共合作,在哪儿都抗日。我介绍你参加"CC"。

"稀稀(CC)?"

陶望之说,就是"中央俱乐部"英文 Central Club 的简称。国民党的精英汇聚组织……岚芝啊,不瞒你们说,我现在是国民党政府乐津县县长,我这个县长可是正牌的。

刘岚芝愣怔怔地瞅着陶望之。陶望之说我没有打击你的意思，毕竟我们这儿是名正言顺的，你那个县长最多也是过渡性质的。

刘岚芝说我在共产党这里两年时间，我已经是彻头彻尾的共产党了。

陶望之说，这个应该不是障碍。

刘岚芝叹了口气，她说我现在不会离开八路军，八路军真心抗日，为老百姓肯做牺牲，我对这个党有信仰……望之先生，你到我们这里来吧，我……还有胡萍都希望你到我们队伍里来，毕竟是你引领我们走上革命道路的……你知道我心里怎么想的。

陶望之说我有责任，我没有彻底引领你们走上正确的道路，让你们走入歧途……

"歧途？"刘岚芝看着陶望之。

陶望之说，算了吧，短时间也不能把问题说明白，慢慢讨论吧！好在我们都在同一个县，你有时间来考虑我的建议，我会一直等你！

这时，小顾上了二楼，嘭嘭地敲门。

刘岚芝过来给小顾开门。小顾说楼下有几个身份可疑的人，像是密探。陶望之说你们先走吧，这几个人一定是冲着我来的。

刘岚芝思考了一下，唰地把陶望之的黑斗篷扯了下来。"你从后窗走吧。我来掩护你。"

"不行。"

刘岚芝说没问题，我披你的斗篷，等他们发现我是个女人时你应该安全脱险了。况且，我还有小顾保护。你放心离开吧。

"我不同意。"陶望之说。

刘岚芝苦笑一下，她说望之先生，我已经不是两年前那个身子单薄的小女孩了，我现在是经过战火锻造过的革命战士！……小顾，送望之先生！

陶望之还没反应过来，小顾抱起陶望之两条大腿，把他扔到了窗外，窗外是一楼的瓦脊。陶望之还想说什么，刘岚芝已经披起斗篷下了楼……

刘岚芝回大宗村路过大潭镇，见路上一队人送殡，喇叭呜咽，纸钱翻飞。小顾上前一打听，说是孙德礼过世了。

刘岚芝还听说，孙德礼病倒之后就再也没爬起来，孙秉恕多次派人接孙德礼去城里治病，孙德礼死活都不要见汉奸儿子，以至悲愤地撒手人寰。刘岚芝的心情十分复杂，一方面她为自己的过错而感到内疚，另一方面对孙德礼老先生的气节由衷敬佩。刘岚芝对小顾说，你去和孙家人商量商量，让我去给孙老先生送送行吧！

杨木匠的确十分难缠。刘岚芝一回大宗村就见他蹲在长条凳子上抽烟。刘岚芝突然想起第一次见面的情景，朱大可骂道，马二丫为革命牺牲了，你还在这儿胡闹。关于马二丫为革命牺牲的道理，刘岚芝曾经也跟杨木匠讲过，可杨木匠怎么也想不通。

083

刘岚芝自己也拉过一条板凳，坐在杨木匠的对面。

刘岚芝问杨木匠，你恨日本鬼子吗？

杨木匠说恨。

"怎么个恨法儿呢？"

"我听说日本鬼子是杀人魔王。"

"仅仅是听说，所以你对鬼子并没有切肤的痛恨，所以马二丫被鬼子残害死了你没有同情心反而还计较你的彩礼损失。"

杨木匠说你没损失，你当然这样说，站着说话不腰疼。

刘岚芝说那就只能这样了，把马二丫的尸身判给你家……

杨木匠愣住了，半天说不出话来。

"你说赵老六抢你的未过门的儿媳妇，现在把媳妇还给你。"

"行啊。可儿媳妇呢？"

刘岚芝说，马二丫牺牲了。如果你想以儿媳妇的名义埋葬马二丫的尸身，我想大家会赞成的，毕竟，马二丫是被鬼子杀害的，也算是英雄，应该好好安葬。

杨木匠快频率地眨着眼睛，支吾着说，我要活人，谁家娶媳妇娶个死的？我儿还活着……

刘岚芝说，所以呀，你不安葬马二丫，那我提议要把马二丫的尸身还给他爹马庆茂。我这样说你就理解了吧。

杨木匠想了半天，刘岚芝本以为情况有了转机，不想杨木匠说，可是，我的彩礼怎么办？刘岚芝哭笑不得，她说你这个人啊，怎么一句话也离不开钱呢，钱重要还是命重要？杨木匠说钱重要。刘岚芝被噎住了，她说……如果命都没了，钱还有用吗？杨木匠说那倒是，可是没有钱命也没了。

刘岚芝气得眼睛鼓鼓的，实在没办法跟杨木匠掰扯下去。

杨木匠还没走，朱大可就跑过来。

朱大可把刘岚芝拉到一边，气喘着告诉刘岚芝，昨天晚上鬼子和伪军频繁调动，恐怕有情况发生。

杨木匠抻脖子望着。朱大可大声说：别找毛病啊！杨木匠吓了一跳，脖子缩了回去。

刘岚芝说，为了增加抗日力量，适当时机把"大刀会"整编过来，这方面特工委早就有了指示。朱大可说算了吧，那些人中了邪一样，只相信神灵附体，真的开战了枪炮也不长眼睛。刘岚芝说可他们也是农民兄弟啊，也有抗日的真心和热情，朱大可我可对你说，真的打起来你一定要掩护好他们，少牺牲一个是一个，未来都是抗日队伍的有生力量，而且他们很多人的功夫都不错。

朱大可说，我宁愿招那些生瓜蛋子也不愿意招他们。

刘岚芝说，这样吧，明天我们跑一趟运河口，去坛主那儿谈谈联合抗击鬼子汉奸的事儿。

夜里，刘岚芝向特工委写了一份报告，详细汇报了自己和陶望之的关系，以及私自去乐津县城见陶望之的情况。

那天星空繁闹，满天星辰遥远而深邃，刘岚芝的心却空空落落。陶望之曾经救了自己，而今天她也救了陶望之，那个过程几乎没有经过大脑过滤，是自己本能地还陶望之的人情债，还是冥冥中已经预示她要与陶望之告别了呢？告别活的陶望之容易，告别心里的陶望之不易。此刻，黑暗中青蛙响声一片。

鲁北管青蛙叫刮拉报子,刘岚芝小时候听长辈讲过,青蛙的叫声里含着某种预示,这组合的音响预示着什么呢?

第二天,朱大可带了一个中队的战士陪刘岚芝去拜访大刀会坛主麻道长。麻道长原是招远红枪会的成员,失败后隐居多年,"七七"事变后他再度出山,在乐津运河边组织了人数较多的大刀会。

为了显示大刀会的实力,麻道长召集大刀会成员在河口村场院里列阵,设坛祭拜。场院的一侧挂着醒目的条幅:"驱逐日寇,光复中华。"另一侧几十杆幡旗猎猎飘荡。

麻道长手持燃香,大声诵道:"每日焚香一缕烟,先敬老母后敬天,老母闻香心喜欢,保佑弟子永平安。"然后三叩九拜,场面十分壮观。

拜祭仪式之后,麻道长亲自登场表演,他光着肩膀来到场地中央,让弟子把他绑在一块竖起的木板上。随后弟子后退几十米,那里有一尊老式的笔筒炮。麻道长做了个手势,独自念起了咒语。弟子点燃了火炮,轰隆一声巨响,带着铁砂的炮弹在麻道长身边爆炸。刘岚芝吓了一跳,她还没回过神儿来,麻道长从硝烟中威武地走了出来,神奇的是,麻道长毫发无损。

刘岚芝小声问朱大可,真神了,你知道怎么回事吗?

朱大可说我现在还不知道,不过我可以肯定,那个家伙一定搞鬼了。不信我给他一枪,看看他的肉身能不能挡住我的子弹。

刘岚芝厉声道,别胡来!

朱大可说我没胡来,就是说一说。

刘岚芝说想都不能这样想,还说一说?

麻道长俨然胜利者的姿态,在大刀会成员的欢呼声中,表情庄严地做了一个手势,瞬间,场院里鸦雀无声。

麻道长带头念咒语,他念一句,下面念一句。

"天生老母传下令,八大金刚紧护身。水不溺,火不焚,刀枪不能入,子弹两下分。急请急请,快请快到,一时不到,灵官来罩。速速速,无量寿佛。"

刘岚芝对朱大可说,不管怎么说,我们还是要平等、友好地待人家,毕竟都是抗日的同胞。我必须强调的是,如果打起来,我们宁可做出牺牲,也要保护他们。

朱大可笑了,他说你也看出他们那套不行吧。

刘岚芝说我看出什么啦?我是觉得他们手里大刀长矛的,你手里可是快枪铜弹。

麻道长仍旧率领大刀会成员念咒语,喊声震天。

"……无生老母有规矩,爱护黎民切记心,烟酒不能动,素食能养性;天上不吃雁鸽鸠,地上不吃驴马牛;不爱财,不私吞,缴获东西要充公,不邪念,不淫欲,尊重民女和百姓。"

朱大可寻思半天也想不明白刘岚芝的话,他对刘岚芝说,这不是我说的。

刘岚芝和朱大可拜访麻道长的第二天早晨,初夏的平原雾气很浓,枪炮声却接连不断地传过来。

刘岚芝匆忙出屋,迎头撞到正进屋的朱大可。朱大可说刚刚接到命令,让县大队到大潭镇集结待命。我把邹富贵中队留给你。话还没说完，朱大可就跑了。朱大可刚走，小顾就跑了过来，送来特工委的指示。特工委让刘岚芝立即组织县委、县政府机关向白河村西岸转移，那里是主力部队二十一支队的防区。

转移过程中，刘岚芝并不知道前方战事情况，到了运河边儿，邹富贵报告，运河里发现了鬼子的钢壳船（汽艇）。刘岚芝拿过望远镜一看，钢壳船上一个鬼子军官正用望远镜看着她。刘岚芝问邹富贵，你手里有硬家伙吗？邹富贵偷偷一笑，说有一门小钢炮。刘岚芝说你怎么会有小钢炮？邹富贵说你还不知道啊，咱藏的家底儿，别说小钢炮，咱这个中队可有一个大队的人马，刘县长你下命令吧，我掀了他个驴进的，让他们统统喂王八喂鱼！

刘岚芝审慎地研判着形势，如果打可能引来更多鬼子和伪军，如果不打，钢壳船眼看着就从身边溜掉了。刘岚芝又拿起了望远镜，她看到，钢壳船上的鬼子正在打旗语……在干校时，刘岚芝听一线部队的人说过，鬼子常常是通过旗语来指挥的，有打旗语的鬼子就有鬼子的指挥官。

刘岚芝暗自一喜，心想：谁让我碰上了呢？

刘岚芝把邹富贵拉到一边，对邹富贵说，一会儿三个小队都摸上去，越近越好，等这头炮一响，各小队就猛打猛冲，不打拉倒，要打就给我打个狠的，一个鬼子也别放跑了。

邹富贵已经急得不行，这回终于有机会大显身手了。他说，刘县长你放心吧，放走一个鬼子，我剁自己一个手指头。

很显然，汽艇上的鬼子也发现了刘岚芝他们，他们的队伍显得七零八落。鬼子犯了一个常规的错误，他们大概把刘岚芝等当成溃败的散兵游勇。鬼子决定打两炮吓唬吓唬，按他们的习惯思维，炮声一响，抗日武装就溃不成军，四下溃散，何况散兵游勇。

所以，刘岚芝的部署还没完成，鬼子的炮就响了。炮声成了命令，三个小队还没完成对汽艇的合围，就喊叫着发起了冲锋。刘岚芝一看坏了，连忙指挥迫击炮发射，一连几炮都没打准，炮弹在汽艇周围溅起了水柱。还好，邹富贵他们人多势众，在战斗中渐渐占了优势，而众多的炮弹中终于有一发炮弹击中了开足马力逃离的汽艇……事后刘岚芝想，如果钢壳船原地不动会是什么结果呢？那些炮弹本来是落向不动的汽艇的，一直无法击中目标，恰恰因为钢壳船移动，攻击方歪打正着，鬼子那头却招致了覆灭的命运。

更令刘岚芝无法预料的是，同样是歪打正着，他们干掉了日军联队长松本大佐、两个中佐及下属8名鬼子，松本大佐是本次行动的最高指挥官，刘岚芝的行动对整个战局产生了意想不到的影响。

刘岚芝由此名声大震。

六、连腿儿

半个月后，刘岚芝带县委、县政府机关返回了大宗村。

战火硝烟早已散尽，可血腥的气息远远没有散开，各村都在掩埋和祭奠死难的战友和同胞。

陈黎明来到大宗村，他带来了特工委对刘岚芝的嘉奖，也带来诱捕孙秉恕的"锄奸"命令——代号为"连腿儿"行动。锄奸行动小组由陈黎明担任组长，刘岚芝和朱大可担任副组长。时限为一个月。

事情的原委是这样的，上次日军的军事行动主要是针对二十一支队展开的，精心准备的鬼子攻势强烈，二十一支队和配合的地方部队吃了不少亏。为切断二十一支队和八路军津浦支队的联系，作为整个战局的一环，日军在大潭镇、黄村和大宗村一线部署了皇协军和伪军。那些皇协军和伪军均由日军指挥。孙秉恕参加了伪军的行动。他指挥乐津的伪军杀气腾腾，走一路杀了一路。孙秉恕在黄村杀了5名农救会干部，在大潭镇杀了12名农救会和党地下交通站干部，在大宗村杀了8名抗日积极分子。就在战局极其被动的时候，刘岚芝那儿抽了彩头，炸死了日军指挥官，孙秉恕才停止杀戮，随日军撤回乐津县城。按老绅士邱书吏的话说，孙秉恕血债累累，罄竹难书啊。乐津县抗日民主政府联名上书特工委，于是，特工委决定除掉孙秉恕这样的铁杆汉奸，杀一儆百。

如豆的油灯下，陈黎明与刘岚芝、朱大可研究诱捕孙秉恕的方案，推翻了一个方案又一个方案，很难找到最有效而又最满意的办法。

日伪军撤退时，孙秉恕把大潭镇的家人都接到县城，他自知罪孽深重，为防止有人暗杀他，他不但加强了住所的安全警戒，而且深居简出、处处谨小慎微。在乐津县城杀孙秉恕很难，可把孙秉恕调出城又谈何容易？

讨论到半夜大家都困倦了，朱大可提议搞点夜宵，陈黎明严肃地说，干部不能搞特殊化。朱大可伸了一下舌头，偷偷对刘岚芝撇了撇嘴。

陈黎明对朱大可说，你别在下面搞小动作，你以为我没看见我就不知道了啊，不是我批评你，你这个人优点不少，可毛病……突然，陈黎明意识到什么，他一拍脑门说有了。

刘岚芝、朱大可他们重又围绕在陈黎明身边。陈黎明说，据我们掌握的情报，孙秉恕是个刻板严谨的人，不抽不嫖不赌……不过我相信人都有弱点，孙秉恕也不例外，要想诱捕他就得从他的弱点入手。岚芝你说说看，孙秉恕的软肋在哪儿呢？

刘岚芝想了想，一下子想不起来。"我只是隐约地感觉他很凶残，脾气也很火暴。"刘岚芝说。

朱大可说，凶残是肯定的了，可我们怎么能从他的凶残中抓弱点呢？

刘岚芝突然想了什么，她说据我所知，孙秉恕还算是孝顺的，当初为他爹的事儿他找过我好几次。对了，这几天孙德礼应该烧七期了吧，七期在鲁北可是大日子，孙秉恕完全可能去给孙德礼上坟。

"去大潭镇西山上坟？"朱大可站了起来，"那他的狗胆子够大的。"

陈黎明打开地图察看，他指点着说，大潭镇西山离乐津县城不足30里,东面公路边儿有鬼子炮楼,西面有伪军驻守的洼子炮楼,他完全可能冒一次险。只要他带一个连的警卫,风险就很小。一旦双方交火,他可以在20分钟内躲到洼子炮楼里。

陈黎明经验丰富,说服力也强。刘岚芝瞅了瞅朱大可,朱大可瞅了瞅刘岚芝,两人只剩下佩服陈黎明的眼神儿了。

陈黎明说这个可以试一试,不过整个计划都要十分周密才行。

方案初步确定下来时天色麻麻亮,陈黎明说不早了,大家早点睡吧。刘岚芝一下笑了,天都亮了,还早睡什么?

接下来的任务就落在了刘岚芝政委和朱大可支队长身上——上次战役,乐津县获得了荣誉也得到了实惠,冀鲁边区军政委员会特批乐津县大队扩编为"小延安"支队,水涨船高,朱大可当上了支队长,刘岚芝兼任政委。刘岚芝和朱大可调邹富贵的大队随他们去大潭镇,天亮以前分三条战线埋伏在西山周围。

草丛中,刘岚芝突然有了一个自己都不能原谅自己的怪念头,她不希望孙秉恕出现在上坟的队伍里。好在这个念头转瞬即逝。当时刘岚芝想,如果没有鬼子入侵,没有孙德礼老先生的死,孙秉恕会那样丧失理性地疯狂杀人吗?假设是没用的,刘岚芝告诫自己说,毕竟孙秉恕是大汉奸,手里沾满了同胞的鲜血,他罪有应得……孙秉恕孙家人果然出得城来,也有一队伪军护送,不过从人数上看,刘岚芝有些失望,她小声对朱大可说,如果孙秉恕没来千万不要行动,打草惊蛇,我们就会更加被动。

朱大可不认识孙秉恕，所以整个行动都仰仗刘岚芝指挥。

透过望远镜，刘岚芝一人不漏地查找孙秉恕，遗憾的是，孙秉恕并没有出现在上坟的队伍里。孙秉恕料事如神吗？刘岚芝想。

诱捕孙秉恕失败了。

从大潭镇回到大宗村，刘岚芝看到远处的杨木匠半罗锅儿的样子，她想，应该把杨木匠的官司彻底解决一下了。

刘岚芝找来冯秋成和邱书吏，对他们说，过去我们走了一个弯路，老在杨木匠提出的要求上打转转，在日寇的铁蹄之下，普通的老百姓都是牺牲品和受害者。马庆茂痛失女儿，杨木匠好容易给儿子订了婚，却人财两空，赵老六花钱为哥哥办了个冥婚……所有这些都和当前这个世道有关，我想，县政府应该利用这个机会向老百姓大力宣传抗日救亡的道理，官司也会随之解决了。

冯秋成说，对呀对呀，我怎么没想到这些呢，最可恨的是鬼子，咱不一致对外，自己家里闹腾什么呢。

邱书吏说杨木匠这段时间没来找，大概也是因为前一段的战乱，他的木匠房被战火烧了，我听说，他儿子正闹着要参军呢。

几个人正说着，杨木匠进来了。

冯秋成对杨木匠说，说曹操曹操到，又来打官司了？

杨木匠脸色难看，他说本来我打算要回些钱，想再给儿子张罗个媳妇，可眼下的光景，饭都没地方要。

官司不打了？邱书吏问。

杨木匠没说话。

刘岚芝说，所有的一切都是鬼子害的，杨大爷你想一想，如果鬼子不杀害马二丫，你儿子不就成亲了吗？讨公道也好，申冤也好，我们都得向鬼子讨，向鬼子申……我这样说，你明白了吧。

杨木匠突然哭了起来。

冯秋成说别尿挤（哭）了，大伙都看着呢。

杨木匠说都是俺不好，俺老糊涂了……求求几位大人了，让俺儿子吃当兵粮吧。

杨木匠走了之后，刘岚芝和冯秋成、邱书吏达成一致意见，由刘岚芝代表乐津县抗日民主政府征求马庆茂和赵老六的意见，将马二丫的尸体埋在大宗村的烈士公墓里，并将杨木匠打官司的事儿作为典型在全县做宣传，号召广大农民兄弟团结起来，齐心协力抗击日本侵略者。

第一次诱捕孙秉恕失败，陈黎明的脸色就阴沉起来，一阴就阴了好多天，没一刻放晴。

陈黎明找刘岚芝和朱大可，绷着脸说，时间越来越紧迫了，孙秉恕多活一天就多一天危害。朱大可说，不行我就在短枪队里选几个身手好的弟兄，进乐津城亲手把那小子宰了。刘岚芝说这件事儿不能鲁莽。陈黎明说对啊，特工委的指示很明确，对付孙秉恕不能强攻要智取。刘岚芝说，这几天我也一直想办法，孙秉恕是铁杆汉奸，最听日本话了，你们说，可不可以让日本人调动他呢？

陈黎明说这个我也想过，关键是怎样才能让日本人调度他呢？

朱大可说，找人冒充日本人，到"红心萝卜"伪军据点给他挂电话，把他调出城来不就行了吗。朱大可说的"红心萝卜"是指被争取的伪军下级军官，表面给鬼子做事，暗地里给八路军做事。刘岚芝说，孙秉恕在日本留过学，他的日语非常好，一听就能听出是假冒的，不露馅才怪呢。

朱大可说，对了，二十一支那边不是有日本俘虏吗，听说还有个医生出身的卫生员。让那个卫生员给孙秉恕挂电话不就行了。

陈黎明想了想，认为这个方案可以考虑。

陈黎明出面和二十一支队商量，支队长曾四芳还真给面子，把日本俘虏借给了陈黎明。陈黎明、刘岚芝和朱大可带日本俘虏去了毛集的伪军据点，在那里让日本俘虏给孙秉恕挂电话。

日本俘虏说他是盐山县的日本指导官池田大作，让孙秉恕明天到盐山县来介绍县治的经验。孙秉恕态度谦恭地答应了。

事情进展得比预想的顺利，朱大可带县支队装备和素质最好的第一大队，也就是邹富贵大队连夜急行军70多里，埋伏在乐津县城到盐山县城之间一片树林里。

刘岚芝本来要参加这次行动，被陈黎明强力阻止了。陈黎明和刘岚芝焦急等待朱大可的消息，小顾跑了进来。

"怎么样？"陈黎明问。

小顾说国民党的"二政府"来了信函。

"朱支队长还没消息?"刘岚芝问。

小顾说还没消息。

刘岚芝打开信函,信函是陶望之以国民党政府乐津县长的名义写的,约定下午在黑牛背镇公所见面,讨论规范政权工作。刘岚芝把信递给了陈黎明。陈黎明看过之后,嘴角露出一丝不屑。陈黎明说,说是见面,我看是谈判!

刘岚芝说,确实应该真刀真枪地碰一碰了,这一段时间,国民党方面在很多村镇都挑动事端,迫害抗日政权的干部。陈黎明说,对待国民党"二政府"和对待汉奸的伪政府不一样,要坚持独立自主的原则,也要讲统一战线的政策。要斗争更要联合,坚持对的反对错的。

刘岚芝说上次你对我说的话我一直铭记在心,政权的作用和合法性关键看人心,绝大多数老百姓还是支持咱们的。到目前,陶望之这个县政权还没什么大的作为,他们的人都在大的城镇发号施令,和老百姓很少有接触。

陈黎明说,时间很紧,你收拾一下就去黑牛背谈判吧,注意,要特别向他们强调,要求他们停止对抗日民主政权的破坏,重点是划分工作领域范围和配合的事项。

刘岚芝起身要走。陈黎明说,多带些人,一定要保证你的人身安全。

刘岚芝去黑牛背镇的路上听到锄奸再次失败的消息。问题出在什么地方呢?刘岚芝一时想不明白。他们大概忽视了孙秉恕的智力,孙秉恕狡猾多端,他是不是从日本俘虏的说话方式里察觉到什么，或者口音不怎么对劲儿，还有，孙秉恕完全可以给盐山的真池田大作回一个电话，这样什么皮儿都破了，什么馅儿都露了。

陶望之一身深色的中山装，静静地在镇公所的房子里等刘岚芝，刘岚芝推开房门，阳光打在陶望之身上。光线里飘浮着棉絮般的尘埃，那个房间的旁边就是弹棉花的工棚。

陶望之先是递给刘岚芝一杯水，接着推过一个盖着蓝色大印的"通告"。刘岚芝没有拿起那份"通告"，只是低头看着。

"通告"的内容大概三部分。第一部分是对各抗日民主政权在抗日斗争中发挥的积极作用给予了原则性的肯定；第二部分指出了问题，"破坏抗战大局""鱼龙混杂""乡下为非作歹"，等等；第三部分是实行统一的政令。限令各村镇各类旗号的政权组织七日内向国民党县政府递交报告书，包括人员组织、资产明细等。整体移交政权的原班人马可在国民党政府整训之后继续担任职务，只移交政权不移交人员的，中心村镇由国民党政府派人接管，村以下由国民党政府指导选举。对"所谓的乐津县抗日民主政府"专门做了一条说明，政权移交办法参照上述训令。

刘岚芝看完了"通告"，她拿起水杯，把水杯里的水一气儿喝干了。

"还有吗？"刘岚芝问。

陶望之说内容就是这些。

刘岚芝说我说的不是这个，我问的是水。

陶望之连忙给刘岚芝倒水。

"岚芝啊，"陶望之一边倒水一边说，"你知道我多么希望你回到正轨上，尤其是你，在鲁北已经成了大英雄，不瞒你说，我已经向上峰建议，给你留了更好的工作，如果你肯投身国民政府……"

刘岚芝咕咚咕咚喝水。

"岚芝啊……"

刘岚芝说，原来我以为你要跟我谈判的，现在看来，咱们已经没什么可以谈的了。

"没什么可以谈的？"陶望之愣住了。

刘岚芝说，你根本没想跟我谈，你这是什么？这是命令我们怎么做！按你们的想法怎么做，现在鲁北斗争形势这么严峻，大家不齐心协力打击鬼子，还窝里斗，让人心寒啊……望之先生，我怎么都不会想到你会这样！

陶望之说，规范县治不正是为了更好地完成抗日统一大业吗？刘岚芝说，可你不能不顾及目前发展的新形势和鲁北的现实，单凭自己的想法去要求别人。陶望之想了想说，我知道你被洗脑了，一时半会儿还转不过弯来。刘岚芝说你和很多国民党干部一样，动不动就用洗脑来说事儿。我跟你说心里话望之先生，我是从泥里尘里，血雨腥风和死亡里爬滚过来的，我知道什么是正确的道路。

陶望之叹了口气，他说咱们先不谈大道理，还是说具体事儿吧。

"什么具体事儿，你的这个通告？"刘岚芝说，"如果是这个通告，我们就没必要谈了，回大宗村之后，我们也会发一个通告，到时候会送你的。"

"通告，什么通告？"

"县抗日民主政府的通告啊，我们也可以提要求，尤其是针对你们提要求，知道老百姓怎么叫你们吗，叫你们'二政府'。"

"岚芝……你别这样，我们慢慢谈，我还有很多话要跟你说。别的不说，上次你救了我，我连感谢的话还没说呢。"

刘岚芝说，不用说了，当初你也救过我，我们两清了。

"两清是什么意思？"

"就是两清的意思！"

刘岚芝返回大宗村，路上风大，她的眼睛一直流泪，她不承认泪流是因为陶望之，她认为是风的原因。

陈黎明和朱大可的心情似乎不错，不知道朱大可在哪儿淘弄到了猪大肠等猪下水，进了小食堂，味儿就飘了过来，刘岚芝好久未闻到荤腥味儿了。"有什么好消息吗？"刘岚芝问。朱大可说，孙秉恕又有消息了。

刘岚芝问陈黎明什么消息，陈黎明说吃了饭之后再说吧。

刘岚芝处心积虑地想办法诱捕孙秉恕，可她无论如何也不知道，对方同时也处心积虑地想办法诱捕她。联队长松本大佐被刘岚芝炸死之后，被授予少将军衔，刘岚芝打死了日本少将，同时也上了鬼子的"黑名单"，诱杀刘岚芝的任务就落在了驻守乐津县的日军大队长岩下中佐和伪县长孙秉恕身上。也就是说，刘岚芝计划诱捕孙秉恕时，孙秉恕也正诱捕刘岚芝，对此，刘岚芝一无所知。

吃过饭，陈黎明递给刘岚芝一份《挺进报》。刘岚芝连忙打开报纸，却发现里面有一封信。信是孙秉恕写给刘岚芝的，信的大意是，孙秉恕要面见刘岚芝，想最后一次挽回他们之间的婚约。孙秉恕表示，在战乱中他也成了受害者，家破人亡，现在，他心灰意冷，有了强烈的厌倦情绪，如果刘岚芝同意和他保持婚约，他则退出"自治政府"，携刘岚芝到乡下教书，过田园生活。见面的时间地点由刘岚芝定。

"假的。"刘岚芝说。

陈黎明说我也觉得不那么真，可这毕竟开了一个口子。我和朱大可分析了，如果是真的，事情不那么好办，恰恰因为是假的，事情好办多了。

"怎么好办多啦？"刘岚芝问。

陈黎明说你想啊，如果是真的，孙秉恕一定不会出城的，他会让你进城见面。可如果是假的，他完全可能出城。

"你的意思是……"

陈黎明说咱不妨来个斗智斗勇，假戏真做，真戏假作，几个回合下来，一定会引蛇出洞的。

刘岚芝说，看来你已经想成熟了，那说说你的方案吧！

接下来，刘岚芝和孙秉恕书信往来了好几个来回，孙秉恕坚持城里见面，刘岚芝坚持大潭镇见面，僵持不下时，刘岚芝回信不谈了，孙秉恕也使了性子，连信都不回了。

陈黎明糊涂了。

那天晚上，地下交通站得到确切情报。孙秉恕要参加在大埔镇召开的现场会，日军在大埔镇建了炮楼，挖了壕沟。大埔镇在县城的西面，离大宗村很近。

"真是绝处逢生啊。"陈黎明说，不过陈黎明同时也说，不排除这里面有诈，可就是圈套我们也得钻了，我倒要会一会这个孙秉恕，我不信他有三头六臂！

刘岚芝说你不能去，你是指挥员，你不认识孙秉恕，别误了战机，还是我去吧。陈黎明说不管谁去，这次一定要周密布置，确保万无一失。

按理说这次行动组织得还是无可挑剔的，大埔镇鬼子现场会头一天晚上，朱大可已经带第一大队一中队埋伏在县城和大埔镇之间的公路两侧，第二天天不亮，刘岚芝带第一大队另外两个中队出发，留一个中队在大宗村外围接应他们，他们要带活的孙秉恕回来，准备召开公审大会之后处决。

行动开始也比较顺利，刘岚芝他们刚到了预定的伏击地点，三辆汽车就开了过来，随着刘岚芝的枪声，战斗不到一袋烟的工夫就结束了。打死2人，俘虏9人，其中就有孙秉恕。伏击战还是引来了鬼子，县城方面和大埔镇的鬼子伪军都出动了，等他们追过来时，刘岚芝他们已经越过了封锁线，眼看就进入大宗村的地界时，他们才歇下来喘口气儿。

刘岚芝过去看孙秉恕，孙秉恕脸色酱紫，气喘着，只对刘岚芝说了一句话：夺命冤家啊！孙秉恕的话音刚落，一发炮弹呼啸着落了下来，接着一发挨着一发，爆炸声此起彼伏，气浪环环相抵，硝烟弥漫。

炮声停歇，枪声就响成一片。朱大可跑了过来，扶起腿被炮弹皮炸伤的刘岚芝,他告诉刘岚芝,现在三面都有鬼子,只有通往大宗村一条通道,那个通道必须渡河,他担心那个渡口有埋伏。刘岚芝把战场指挥权交给了朱大可,让他组织战士突围。

事情远比想象的严重,在很短的时间内鬼子和伪军已经冲击过来,把刘岚芝他们分割开了。好在小顾还跟在刘岚芝身边,刘岚芝对小顾说,你别管我,快去找孙秉恕,带不走就把他崩了吧。小顾死活不执行命令,背起刘岚芝就跑。

小顾跑的方向是远处的玉米地,那时玉米棵子已经长到人肩,跑进地里就可以阻挡隐蔽一下。谁知,这时一队鬼子骑兵喊叫着冲了过来,小顾丢下刘岚芝,跪在地上向骑兵射击,可小顾毕竟势单力孤,无法阻止越来越近的鬼子骑兵。

就在刘岚芝绝望的时候,玉米地里突然杀出一支队伍,仿佛神兵天降一般。陈黎明带邹富贵冲了出来,同时指挥一部分战士从侧面冲击围堵,形成了敌中有我、我中有敌的混战局面,战斗可以用激烈和惨烈来形容,一直激战到天黑,枪声才慢慢稀落下来。

刘岚芝被抬回了大宗村,陈黎明也被抬回了大宗村。所不同的是,陈黎明早已牺牲,身上有四五处穿透伤。

后来刘岚芝听说,陈黎明仿佛有什么预感一样,下午命令邹富贵带队伍跟他去接刘岚芝,这个命令不在计划方案之内,完全是陈黎明临时做出的决定。正是这个决定救了刘岚芝和朱大可,如果接应部队不是早走了两个小时,如果听到枪炮声再去接应,刘岚芝和朱大可他们早就全体壮烈牺牲了。

夜晚的屋子里出奇地静穆。下午小顾送来一个包裹,一个染了血的手绢儿包裹,里面是一支钢笔和一块磨得发白的手表。小顾说陈书记咽气前嘱咐给你的,他说这是他全部家当和他的心。刘岚芝抚摸钢笔和手表,一直坐到了天亮。

——还有,刘岚芝没想明白,陈黎明为什么给这个行动取了个古怪的代号"连腿儿"呢,事实上,诱捕成了双重的诱捕,也许冥冥之中现出某种暗示吧。这些,随着陈黎明的牺牲,一切都无法查证了。

七、赶等着

天空高远,大雁南飞。刘岚芝院子里的红枣杜梨也挂上了枝头。秋天本来是一个收获的季节,收获意味着喜悦,然而,鬼子扫荡的局势令鲁北各村人心惶惶,手忙脚乱。刘岚芝见了陶望之一面,不过陶望之是来向她道别的。之前,刘岚芝和陶望之的较量主要在征粮上,抗日民主政府动员各村镇对"二政府"抗粮,轰轰烈烈的抗粮运动让陶望之一败涂地。老师败在学生手里,按陶望之的话说,不算丢人。

陶望之离开跟征粮失败无关,高将军调防到津浦路以西,乐津等冀鲁北7县的国民党政府随之消失。陶望之对刘岚芝说,如果我们命大,如果我们还有缘分,等抗战胜利的时候我们再洒泪相见吧⋯⋯

刘岚芝安静地看着陶望之,她轻轻地笑了笑。

反扫荡的主战场在白河村，津浦支队主力被日军一个旅团和伪军五个团包围，二十一支队前来解围，结果与乐津、盐山的鬼子遭遇，战斗十分激烈。

朱大可本来参与大潭镇阻击战，激战中接到军分区的命令，让他们放弃大潭镇向大宗村撤退，掩护大宗村机关、被服厂向山里撤退。

县委、县政府机关早就做好了撤离的准备，被服厂和一些老百姓提前撤离了，所以接到命令的晚上，七八辆马车拉上县政府机关的家当和人员按顺序撤离，黑夜里伸手不见五指，只听车老板"哦、哦"声和马蹄声。第二天早晨，大宗村几乎空空如也。

朱大可对刘岚芝说，你不撤离，上级会批评我的。刘岚芝说，我就是你上级，别以为你当了支队长我就不是你上级了。我已经派小顾给特工委送信了，我要在乐津打游击，要亲手除掉孙秉恕，替老领导陈黎明报仇。

朱大可说报仇有我就行了。

刘岚芝说你别啰唆了，大宗村守不住我们就化整为零打游击，总之，我是乐津的县长，我绝不离开乐津的地界。

一直到了下午，日伪军才大摇大摆地向大宗村发起进攻，几番进攻失败之后，鬼子驶出了两辆装甲车，坚守外围阵地的三大队拼命抵抗，以巨大的牺牲打退了鬼子又一次进攻。朱大可知道，如果以这种打法消耗下去，大宗村外围阵地很快就危在旦夕了。这时，小顾跑过来报告，上级派的增援部队到了。

刘岚芝和朱大可连忙跑到村南头，河的对岸，旌旗招展，呐喊连天。朱大可把望远镜递给刘岚芝，失望地说，什么增援部队，大刀会！

刘岚芝说，大刀会也是咱们的帮手啊。

朱大可大声说，胡闹！

刘岚芝说，都什么时候了，你还这样说话。

朱大可说，本来就是胡闹吗，你仔细看看，他们抬的什么？

刘岚芝仔细看了看，大刀会队伍前面居然抬着土地爷的塑像。刘岚芝说，不管怎么说，在这个时候有人帮咱，咱就该感谢人家。

朱大可说，得了吧，不帮倒忙就好，炮弹打过来，咱还得保护他们。

后来刘岚芝想，如果麻道长过来商量一下协同作战的问题，也许大刀会的伤亡就不至于那么惨烈了。麻道长大概要坚持自己的独自指挥权，他在大宗村南侧布阵，正面迎击鬼子的装甲车。结果，血肉之躯在钢铁炸药中一排排倒下，刘岚芝都不敢睁眼去看。

那天晚上的场面太揪心了，大宗村的空地上摆满了尸体和伤兵，伤兵有呻吟的、有喊叫的。麻道长也奄奄一息，他似乎在运气功护体，遗憾的是，他每一次用力，拳头大的伤口都汩汩冒血。刘岚芝拉着麻道长的手，安慰他说，坚持一下，等卫生员来了就好了。

麻道长似乎知道自己不行了，他小声对刘岚芝说，我该做的做了，当不了英雄，但可以做个好汉。

刘岚芝说，你很了不起，不只是好汉，你是个令人敬佩的大英雄！

麻道长说，遗憾的是，有些弟子昨晚和老婆合房了，我们有严格的戒律，战前合房必亡啊。

刘岚芝拍了拍麻道长，示意他不要多说话，节省一些体力。刘岚芝回头问小顾，卫生员还没找到吗？小顾说找不到，也许在别的地方，伤员太多了。其实卫生员牺牲了，这一点刘岚芝也想到了，只是她不愿意承认罢了。

没多久，麻道长开始大口大口地倒腾气儿，血沫子糊满嘴巴的时候，麻道长咽气了。

那天晚上的月亮很大很圆，不知道月亮是不是闻到了血腥和死亡的气味儿，显得很冷酷很凄清。

天亮之后，刘岚芝组织人掩埋支队战士和大刀会成员的尸体。小顾跑来说不好了，部队的首长要带走朱支队。刘岚芝连忙跑回县政府大院，进了院子一看，一个首长模样的人正在教训朱大可。

"狼心狗肺的东西，这么快就不认老部队老首长了？亏你还知道你叫朱大可，怎么……你还真当你是支队长啊？就算你是支队长，老子总还是纵队长吧，不服从命令是不是？"说着，首长模样的人吸了两口烟，烟灭了。朱大可连忙过去给他点烟。

刘岚芝走来，问朱大可怎么回事儿。朱大可没说话。

首长模样的人热情地对刘岚芝说，哎呀，这不是小刘老师吗，对了对了，应该叫刘县长。我是曾四芳啊。

曾四芳？刘岚芝想了一下，突然想起来了。原来是二十一纵队队长。

"首长有什么指示？"

曾四芳说，刘县长，我也不瞒你，我的部队打散了，现在我要收编朱大可支队，跟我去增援白河村。

刘岚芝说，这不行，"小延安"支队是地方部队，需要有特工委批示，有军分区的命令，别人，谁也别想调动。

曾四芳说眼前都火烧眉毛了，还这个命令那个命令的，谁的命令也不会反对打鬼子呀。

"总之，"刘岚芝说，"没有命令就不能调动。"

曾四芳哈哈大笑，他说，小刘老师不光长得漂亮，性格也干净。不过，道理我们还是要讲的，我这个人呢喜欢不喜欢都挂脸上，也体现在行动上，当初，把警卫排中最精华的一班调给你，是因为我喜欢听你讲课，敬重你，现在情况不同了，我成了光杆司令，还要去解救兄弟部队，你说，我该怎么办？

刘岚芝说，给我点时间，我马上向上级请示。

曾四芳说，等你请示完了，津浦支队得有多少兄弟遇难啊。

刘岚芝说，要不这样，你给我写个借条，临时调朱大可参加行动，完成任务后及时归队。这样既解决了问题，对我们也是公平的。

曾四芳火了，他说，屁，当初朱大可就是借给你们的，现在该我收回去了，你就这样向你的上级报告吧。朱大可！

朱大可一个立正："到！"

"集合队伍，清点人数。"

"是。"

刘岚芝上去跟曾四芳理论，被曾四芳的警卫推开。刘岚芝大声喊，你这算什么首长，不是明抢吗？

曾四芳不理刘岚芝，偷偷地笑了一下。

朱大可集合完队伍，向曾四芳报告，"小延安"支队原有人数827名，除了牺牲和伤员，现有212人，请指示！请指示的声音挺弱。曾四芳当然听得出来，对朱大可说，你有什么想说的话吧？

朱大可底气不足地说，所有的都走吗？大宗村……

曾四芳笑了，他说，我怎么能做那么绝的事儿呢，大宗村需要保护，小刘老师也需要保护，再说，你们支队的编制也不能撤啊……朱大可！

"到！"

"留下一个成建制大队，人员你定。"

"是。"朱大可站到队伍面前，高声喊道，"第一大队出列。"

出来30多人。

"警卫排出列。"

出来10多个人。

"第一大队大队长邹富贵出列。"

朱大可大声说，现在我宣布，你们四十几人就是"小延安"支队的家底，就是火种，要保护好县政府，保护好咱乐津的老百姓，保护好咱刘县长，明白吗？

大家齐声喊着，似乎从来没有那么悲壮过。

朱大可被曾四芳带走了，走的时候，朱大可不舍地回头看了一眼。刘岚芝分明看到，一脸油污的朱大可，眼里含着泪花儿。

朱大可走的第三天，孙秉恕带乐津城里的伪军攻占了大宗村。刘岚芝离开大宗村时，以为所有村民都离开了，后来知道，邱书吏和杨木匠，还有9名年老体弱的村民没有离开，这11人都被拉到大潭镇，他们无一例外没有一个孬种，最后集体被伪军枪杀在大潭镇炮楼外，草草掩埋。

刘岚芝带人返回大宗村时，县政府机关的房子都化作一片瓦砾和炭黑木桩。村民陆续回来了，打散的县支队战士、伤愈的大刀会成员也陆续回来了。刘岚芝带领大家为死难的战士和乡亲举办了悼念大会。在战后残垣断壁之间，大家没有喊革命口号，而是清一色的那种鲁北口音——

敢等着！

敢等着！！

敢等着！！！

按当地风俗，人死一定要入土为安。在激愤的人群中，刘岚芝的脑海中闪过一个念头，她做出了一个令人意外的决定——去大潭镇抢村民的尸体。

邹富贵提醒刘岚芝是不是要向上级请示一下。刘岚芝说，现在联系不到上级，我相信，为老百姓做出牺牲，上级不会反对的。

那是最后一场秋雨，刘岚芝组织了抢尸队，兵分两路，半夜向大潭镇出发，到了大潭镇，刺骨的冷雨仍淅淅沥沥。

邹富贵负责掩护，刘岚芝则指挥大家在据点墙外挖尸体。炮楼里的日伪军发现了他们，夜里他们不敢出炮楼，只是胡乱打枪。

子弹时不时在刘岚芝的身边跳跃着，有一颗子弹还咣啷一声划过刘岚芝的铁锹。刘岚芝仿佛置身于无人之境，带头用力挖着，她一声不响，却从容不迫。接下来，一个奇怪的场面出现了，几乎所有人都无视鬼子伪军的存在，枪炮声成了装饰背景。雨夜里听不到大家的说话声，只有各种杂音合成的一组怪异而又悲怆的交响。

枪声渐渐稀落，尸体也一个一个被挖了出来，被小心翼翼地放在门板上。刘岚芝为每一具尸体包裹被子，怕惊动一般，她做得很精心、很仔细。

雨越下越大。

刘岚芝带着大家泥里水里，一路颠簸了20多里，天亮时，12具尸体摆放在大宗村的空地上。新增加的一具尸体是小顾的，他在流弹中意外伤亡……

八、大前日各儿

四号高干病室离马路不远，中间隔着长得不规则的柏树。

刘岚芝在那间病房里住了四年。那四年里，刘岚芝最大的渴望是能在马路上走走，那个场景倒退着，越来越遥远。事实上，她所在的病房离马路并不远。

刘岚芝被认定为"植物人"之后，她的意识并没有完全丧失，她丧失的只是表现出来的能力，那些意识不稳定也不连贯。一会儿是冬天，一会儿是夏天，一会儿出现陈黎明的面孔，一会出儿现陶望之的面孔，一会儿是朱大可，一会儿是小顾……

——那是个阳光灿烂的午后，新任通讯员找她报到。

刘岚芝打量一番，发现他光着脚。

"你怎么没穿鞋？"

"不舍得。"小战士说，说着还转过身来，一双新鞋塞在后腰上。刘岚芝想起了什么，连忙问小战士叫什么。

"杨忠宝。"

"杨宗保？你是杨家将的后代啊？"

"是不是杨家将俺不知道，俺只知道俺爹是谁。"

"那，你爹是谁？"

"俺爹是杨木匠。"

转瞬间，刘岚芝觉得自己置身关帝庙门前，在傍晚的光线下清点担架数。

一身戎装的邹富贵小声问，让咱乐津县出这么多担架，准是要打大仗了。我听说咱八路军要出动一百个团，乖乖，一百个团啊。

刘岚芝严肃地说，注意保密纪律。

邹富贵说，这回孙秉恕那汉奸走狗跑不了了吧。等抓到他，一定让老百姓把他扔茅房里，用石头块子砸死他。

——应该是民国三十一年（1942）的瓢泼大雨吧，根据地最艰难的时刻，刘岚芝被围追堵截，身边只有杨忠宝一个人，他们沿运河支流白河跑了十几个村，在枪林弹雨中冲过一道又一道封锁线，每一次都得到乡亲们的掩护和救助，总能在危难中脱险。

他们跟跟跄跄地冲破最后一道封锁线天就黑透了，刘岚芝病倒在牛家岔村。

晃动的烛光中，赵二嫂笑盈盈的面孔。

扭动的雨水里，赵二嫂在枪声中倒下。

刘岚芝记得，她艰难地翻过身子，拉着赵二嫂问，二嫂，你为什么对我这么好？赵二嫂咯咯地笑着，笑得干净、透明。赵二嫂说，因为你是俺个人家（自己）的县长，你从来没见不上（瞧不起）俺，你的心给了俺，俺也把心给你……

重症监护室里，外孙和外孙媳妇还在讨论刘岚芝为什么说"大前日各儿"，"大前日各儿"代表什么意思呢？突然，外孙媳妇说，姥姥的眼角好像有泪花。

"我看看、我看看。"外孙走过来，他摇了摇刘岚芝，见刘岚芝没任何反应，回头对媳妇说："瞎说，植物人怎么会有眼泪呢！"

2013年冬

鸣桥

大上午的，浅田枝子就跟老头儿闹得不愉快。早晨天还没亮透，浅田就哼哼唧唧的，断断续续地喊着枝子的名字，枝子拉开浅田的房门，浅田说，我喘不过气儿来。枝子知道老头子又犯病了，她的第一个念头是给浅田喷一种气化的缓解药。正要转身去药盒子里拿药，她发现那个万花筒一般20ml的药瓶早已躺在浅田的身边。枝子连忙握住药瓶，将喷头伸进浅田嘴里，按压一下，没听到呲的一声。枝子摇了摇药瓶再喷，还是没喷出来。浅田气喘着说，没、没气了。枝子知道浅田说的是喷剂。

枝子想给儿子打电话，一想儿子这会儿正在上海出差，儿媳妇几乎听不懂几句汉语，沟通起来十分困难，即便是儿子在家，从城里赶到岛上最快也要一个半小时。两个女儿就更不用说了，一个在爱媛县，一个在岩手县，赶来已经没了意义，况且，赶来又没太大的可能。当然，枝子也想到了他们熟悉的中岛医疗所，不过这个时间医疗所里是没人的，而急救中心的电话她从未打过，即便打通了，凭借她的日语水平怕也说不清楚。无奈之下，枝子又给"双眼镜"打了电话。也许正因为是给"双眼镜"挂了电话，浅田对枝子颇为记恨。

115

双眼镜是浅田给人起的外号,那人还有个外号叫白眼狼。双眼镜大名叫岩下茂,他的两个眼镜片儿不一样,一个远视,一个近视,所以透过眼镜片看他,他的眼睛显得一只大一只小。岩下先生矮墩墩的身材,整体上比常人小一号似的。岩下的正式身份是一所国际语言学校的校长,也是浅田夫妇去医院看病的专职翻译。说起来,看病翻译是一个特别的领域,在翻译职业大类里这个应该属于小类中的小类,有点冷门的意思。双眼镜已经给浅田夫妇做了十几年的看病翻译,翻译费不但一分没少,每隔几年还要上涨。恰逢节日,双眼镜见到浅田夫妇,偶尔带一个小礼物,比如两双箸(筷子),一盒小型的台历,最贵重的礼物要算是一盒寿司或者一盒昆布卷了。昆布卷就是海带包着青鱼或者多春鱼,扎上葫芦条儿的那种日本传统食品,浅田和枝子都不喜欢吃那个东西,主要是含糖量太高。浅田所以不喜欢双眼镜,钱是一方面,主要是觉得双眼镜的翻译水平不够,属于糊弄洋鬼子型的。可在这个小岛上,他们还真找不到第二个合适的人。有一次枝子跟儿子讲了双眼镜翻译中出现的过错和笑话,儿子沉吟一下,说岩下先生非常可以了,在城里找这样的人更不好找。日语好的汉语不好,汉语好的日语又不好,因为讲病这样的翻译和一般的贸易翻译、工作翻译都不一样,很困难的。枝子把儿子的话复述给浅田,浅田白了枝子一眼。总之,尽管浅田不得不用那个一身薰衣草香水味儿、洋芋模样的男人,可他一点儿都不信任双眼镜,一点都不喜欢他。

屋外传来了轻型汽车的鸣笛,枝子搀扶着浅田出门。早晨的雾气已经散去，空气中弥漫着港口一带传来的咸腥味儿，还传来海鸟的鸣叫。枝子知道今天是这些日子里难得的晴天。只是浅田的脸一直阴沉着，属于该下雨不下雨那种阴法儿。其实，天亮以后，浅田的病症就缓解多了，也许是听说双眼镜要过来，他坐起来，涨红着脸费力地骂枝子：混蛋老婆子，谁让你找那个白眼狼啦？白眼狼是东北的土话，双眼镜一定听不明白的。当然，很多话也是没办法翻译的，别说白眼狼岩下先生，儿子和女儿也翻译不了。比如五脊六兽、杨了二旺、突撸反仗、得儿喝的、舞舞扎扎、鼻涕拉瞎、水裆尿裤、木个瘴的……这些话不仅枝子说，浅田也说。有一次浅田看牙病，浅田对医生说，这几天吧，我就难受巴拉的，总觉得这半拉脸酸几溜洪，谁想，昨天晚上厉害了，牙疼不是病疼起来真要命，贼拉邪乎呀！……双眼镜听得半云半雾，上不去下不来，怎么能翻译明白呢。医生问双眼镜，浅田先生是日本人吗？双眼镜告诉医生，浅田是地道的日本人，跟父母去中国东北，1945年战争结束时被丢在了中国东北，那时浅田先生才三岁，被中国农民收养了，1980年才回到日本。医生理解浅田的日语为什么有那么重的口音了，连忙起身向浅田道歉。浅田莫名其妙，问双眼镜，这个大夫啥意思嘛，弄得我五迷三道的。接着，该轮到双眼镜莫名其妙，被浅田说的话儿"五迷三道"了。

　　浅田不怎么气喘了，但是医院还是要去的。浅田管这叫瞧大夫，瞧大夫其实是让大夫瞧，瞧瞧你到底有没有问题。浅田瞧大夫更有"瞧"的意味，有点小毛病就瞧大夫，闲人更在意自己的身体嘛。退休之后,浅田和枝子看病基本不花钱,可是每次翻译都花费一万多日元,他们俩每月从政府那里总共才领取十四万日元,向政府提供的"廉租房"交两万日元的租金,加上其他的生活费开销,如果一个月内看四次病,刨除翻译费五万日元,这个月就亏欠多了。没办法呀,谁让咱老么卡眼儿了呢。枝子这样说。

那天上午,浅田一点都不配合,只让医生检查,就是不说话。浅田的意思枝子明白,不说话就不用翻译,不用翻译就可以不给双眼镜翻译费。可事实并不是这样的,既然请了人家,你就得付报酬,人家算的是时间,跟说话多少没关系,十句也好二十句也好,没那么计算的。从医院回来,浅田就找碴儿发脾气。枝子说你不用找碴儿,我能怎么办?请人家能不给钱吗?浅田说你这个混账老婆子,败家呀!我一句话都没说,为什么还要给岩下那个白眼狼钱?枝子说你一句话没说,可说明病情还不得靠人家?别说人家帮忙了,就是人家不帮忙,陪了咱一上午,还不是一样得给钱?浅田仍紧绷着脸说,败家老婆子,谁让你请他呢?枝子说我不请他我请谁,你说说看,当时我有什么办法?有本事你别有病,你没有病那就谁都不用请了,嘚了吧瑟的样儿……浅田的脸进一步涨红,他说你请就请了呗,钱不能少给一点?枝子觉得浅田的话很没道理,生气地说,你别站着说话不知道腰疼,少给?那你给啊!你以为我愿意给?这个月的生活费又不够了,我不知道钱好啊!我又跟钱没仇。你在这儿跟我挤鼻瞪眼的,一会儿我就给岩下先生打电话,让他把钱退回来,你再给他!浅田被枝子给"将"住了,张嘴想说什么又没说出来，最后只说了一句——看你那样儿，破马张飞的！

枝子心里想笑，她知道对付浅田最好的办法就是压住他的火力，他欺软怕硬的性格是从娘胎里带来的。

中午浅田的病就好了，他在枝子身边转悠了两圈儿，对枝子说，你不是说这两天要吃酸菜炖粉条吗？枝子用眼睛斜了斜浅田，没理他。浅田说，我听说中国超市里有酸菜，是从东北运过来的。枝子还是不理他。浅田说如果你想吃，我可以去买。枝子的脸板不住了，她噗地笑了，说你要想吃酸菜就直说，别拐弯抹角的。浅田说这几天嘴里不是味儿，巴苦巴苦的，就是想换换口味儿。枝子不想跟他斗气了，说，你要想吃就自己去买。

浅田去超市买来酸菜，还买回一袋"顾食品"豆腐，那豆腐不同于一些国人发明的"日本豆腐"，那些豆腐膏状，鸡蛋糕一样软塌塌的，顾食品属于东北豆腐。做豆腐和酿酒一样，对水的要求很高。老顾头做的豆腐用的是日本水而不是东北家乡的水，应该说味道是有些差异的，但毕竟还比较接近东北的大豆腐。那些豆腐都有种原始的、粗粝的豆香味儿。那是一顿丰盛的午餐，酸菜肉片炒粉条，家常炖大豆腐，尤其是尖椒段泡酱油，吃得浅田鼻尖儿冒汗。吃过饭，浅田抹抹嘴巴去遛弯了，枝子才给自己盛了一碗米饭，抹上昨天炸的鸡蛋酱儿吃了起来。

枝子想，老头子这么快就好了，要感谢佛祖保佑啊，这样一想，眼睛就瞄向了佛龛，她连忙放下碗筷，去厨房净了手，

119

然后到佛龛前上香。枝子嘴里祈祷着，十分虔诚，以至回到饭桌时想到浅田会不会又是周期性闹人这样的问题，都觉得是对佛祖的不敬。事实上，浅田每隔一段时间都要闹腾一次，特别是顾食品的老顾头去世以后，浅田发病几乎有了节律和周期性。唉，人老了，身体有毛病，心里也添毛病啊。

浅田不在，枝子的世界就格外安静了。收拾完餐具，无聊的枝子只能打开电视，她家的电视通过卫星接收器，锁定的电视频道只有几个，都是中文电视台，看新闻、看电视剧、看娱乐节目，国内发生的事情她都关注，都上心，按原来的国内的老话说，心和祖国的脉搏一起跳动——尽管她早就加入了日本籍。可是，如果心不跟祖国的脉搏跳动又能怎么样呢？到日本二十年了，除了简单的日常用语，根本没办法和日本人深入交流，也就是说，她从未真正融入过日本社会。浅田呢，那老头子也一样，他在日本的亲戚都很远，住的距离远，彼此的关系也远。当年他父母加入东北开拓团是举家全迁的，日本没有留下直系亲属。据说，前期移民到东北的还是以年轻农民为主，后来日本政府发现有些人牵挂亲友，有人经常往回跑，所以就修改了政策，要求举家全迁。浅田在日本的亲属都是远房亲戚，按中国的说法儿——早就出了五服。浅田和那些亲戚三四年都见不上一面。浅田虽然是日本人，他的日语水平也比枝子高，可只要一张嘴，就会被认为是外国人，小时候定型的口音是没办法改的。退休前，枝子在一家中餐馆打工，那个中餐馆的主要业务是接待旅游团，每天接触的也都是国内来的游客。翻来覆去就那几样菜：红烧肉、麻辣豆腐、炒大白菜、土豆烧茄子、西红柿炒蛋……还有紫菜蛋花汤。也就是说，除了青菜根据季节的变化调整，其余的菜品常年基本保持一个模样。如同一成不变的菜一样，简单重复的生活并没有让枝子增加外国生活的经验，而一转眼自己就老了。浅田虽然在工厂里做工，可每天接触的是电子元器件儿，似乎也没积累更多的日本生活经验和人脉。人脉这东西说起来可就复杂了，别说与其他人，就是亲戚之间甚至儿女之间也是冷冰冰的，礼貌并且保持着距离。因此，对于枝子来说，看中文电视频道、吃中餐，还保留国内的一些生活习惯、一些思维习惯，都是没有选择、没有办法的事情。

电视里正播着一个抗战片，游击队无比勇敢，日本兵除了对老百姓凶残之外显得不堪一击。看着看着，枝子进入了梦乡。

浅田是什么时候回来的，枝子不知道。浅田见枝子斜歪在沙发上，张着大嘴酣睡，就用遥控器关闭了电视，不想，枝子一下子醒了过来。几点了？枝子问。浅田没回答枝子的话，语调平和地说：今天是老顾头的祭日。浅田手里还拿着一小把显得有些精致的菊花。枝子叹了口气，她不明白浅田为什么会在意老顾头的祭日，他和老顾头并没有多深的交情。以前，浅田从不祭奠谁，他亲哥哥的祭日也没祭奠过。

浅田的祭奠仪式也比较简单，他在一个空白的木牌上写：顾先生。然后，将菊花摆在那个牌子的下面，祭奠仪式就算完成了。枝子没理睬浅田，独自叼上一支烟去厨房抽烟，点着烟的同时，枝子打开了吸油烟机。吸油烟机很努力地工作着，枝子吐出的那股日本生烟的味道儿还是辗转到浅田那里，浅田空空地咳了两声，枝子连忙把烟熄灭了。

老顾头第一次到家里做客是在横扫本州和四国的台风之前，浅田给一家料理店送货，就让枝子去跨海大桥的桥头等老顾头。桥头离枝子家大概一公里，距离并不远，但是站在家里的阳台上并不能看到大桥，她家和大桥之间有很多比他们视野还高的建筑物。退休后枝子经常到那个桥头张望，儿子在桥对面的城市里，好几个月见不到儿子、儿媳和孙子、孙女了，她还不能给他们打电话，只好张望着。枝子这样对自己说，自己来桥头并不是等待儿子的，明明知道桥上一辆接一辆的汽车里没有儿子，如果是等待儿子，那自己脑袋不是出问题了吗？自己来桥头仅仅是散步而已，散步来看风景。了不起就是浅田的说法儿：特性！好端端的人习惯到那里去闻汽车尾气的味道儿。

可能相对于小岛上的人来说，枝子最熟悉那座桥了。枝子管它叫鸣桥，因为那个桥下可以根据不同的天气发出不同的声音。除了唰唰的汽车行驶的声音，遇到疾风暴雨，那座桥就会升腾戾气，那些风雨仿佛有了牙齿，与桥体接触时发出急促碰撞的声响。单纯的刮风天气就是另一种声音了，根据风的大小，声音也不是不同的，比如呜咽、哼叽、抽泣，甚至呼号。鸣桥的叫法也是有过一些经历的，一开始枝子管它叫响桥、风箱桥。有一次浅田得了中耳炎，她向岩下先生介绍浅田得病的经过时，提到了响桥，大意是说浅田分辨不清响桥的声音。岩下当然不明白响桥的含义，枝子解释了半天，岩下似乎明白了，他在卡片纸上写：鸣桥。枝子想了想，觉得反正意思差不多，也就认可了。后来，枝子想起岩下写的那两个字，觉得文绉绉的，从此以后，枝子也把那座桥叫鸣桥了。——只是，除了枝子和岩下先生，小岛上的人谁知道那座桥叫鸣桥呢？当然，这些都不重要。

枝子还记得老顾头第一次到家里来的情景，她为客人做的是日本料理：烤秋刀鱼、炸鸡脆骨、蔬菜天妇罗、大杂烩关东煮，还有柚子熏鱿鱼饭，配餐纳豆。这些日本料理都有半成品，加工起来很方便，口味应该不算最正宗，比如枝子在烤鱼中加了孜然，在关东煮里添加了料酒和白醋。料理虽然不正宗，两个老头儿吃得还是十分高兴的。浅田请老顾头喝的抹茶也是枝子自制的，那些茶叶是国内捎来的，而她自己独特的配方是添加了家乡玫瑰花的花瓣和大枣干儿。将茶叶、玫瑰花瓣和大枣干儿碎粒儿倒入机器干磨杯里，磨几次，过筛，未过筛的茶粉倒回干磨杯，再磨，自制的抹茶就成了。老顾头问，这么好的抹茶是从哪里买的呢？枝子掩饰不住骄傲地说，别的地方您是买不到这样的抹茶的，东京买不到，大阪也买不到，要买只有我们浅田家里有！老顾头用赞叹加疑惑的眼神儿看着枝子，那意思仿佛是，曾经的一个农民还会做出这么讲究的抹茶？老顾头也曾经是地道的农民，他比浅田大十六岁，日本投降那年他在东北，苏联红军进东北时，他协助苏军看管日本妇孺，按老顾头自己的说法，他年轻时就好色，他在看管的人群里物色到了池上理子，并带着理子回了老家。那阵子，骄傲的日本人也成了落汤鸡，有饭吃就跟着走，理子成了老顾头的老婆。老顾头当了一辈子农民，他的日本老婆为他生了八个孩子，七女一男。不想，年近五十的老顾头竟然跟着池上理子移民到了日本。眼前的老顾头早就没了农民的形象，他皮肤细嫩透亮，戴一副金丝边眼镜，俨然一个大老板。浅田说，老顾头刚到日本的时候不行，和理子闹矛盾，他老天扒地的，还跑到东京做买卖，别的买卖他也不会做啊，在东北老家做了十几年豆腐，豆腐做得好吃，他就在东京做豆腐，做豆腐也不容易啊，吭哧瘪肚的。可谁也没想到，老顾头的豆腐正好对上从中国来的那些人的胃口，一来二去出了名，大伙儿都管他叫顾豆腐。老顾头干脆弄了一个"顾食品"，全日本都有人订购。枝子问，老顾头自己这样跟你说的啊？浅田说有一些是他自己说的，有一些是我听别人说的。

老顾头和浅田一边喝日本清酒，一边说说笑笑，十分开心的样子。枝子在他们身边服侍着，本想听听他们说些什么，没多大一会儿，浅田就用不欢迎的眼神儿看了她好几眼，枝子自觉没趣，悻悻地离开了。

枝子知道两个老家伙一定又讲女人什么的，如果不是讲女人他们不会那么猥琐地笑，浅田也不会鬼鬼祟祟的样子。老顾头离开之后，枝子问浅田，老顾头都跟你讲了什么？浅田支吾起来。枝子说看你吭哧瘪肚那样儿，准没啥好事儿。浅田说也没说啥，都是生意上的事儿。枝子再问，浅田就不高兴了，嘟嘟哝哝回房间睡觉去了。

晚上二女儿来了电话，枝子本想提浅田去医院的事儿，想一想还是算了,说了女儿也不会来的,她早就想好了,除非浅田病危,不然她没必要告诉女儿,告诉也是白告诉。枝子有些抱怨地对女儿说,本来以为这个月你不来电话了呢。二女儿说是啊,没什么事儿打电话也烦你们。那你打电话一定是有事儿啦?枝子问。二女儿也没客套,直接说,妈你跟我哥说说,让他快点把借我的三十万日元还了,不然我在丈夫面前都抬不起头来。枝子立刻不高兴了,她说,你哥借你钱你不去找他,找我有啥。二女儿说,我跟他说过好几次了,不好意思总催他呀。枝子说,你不好意思,我就张开了口吗?二女儿说,你是妈呀,我只能找你了。

"这个时候想起你妈啦?"枝子冷冰冰地回敬了一句。

枝子知道儿子现在的日子也不好过,20 世纪 90 年代那会儿,日本发展那个快呀,儿子的生意也好,钱来得太快了,都不适应,按儿子自己的话说,钱来得这么容易自己都有晕船的感觉,自己都有些害怕。枝子记得,那时候儿子买衬衣都是一打一打的,脏了就扔了,连洗都懒得洗,当然也没时间洗衣服,大家都跑着搂钱呢。儿子就是那时候贷款买的房子,一个独立的三层别墅,房子一到手房价就涨了百分之十,可惜呀可惜,房子涨到百分之五十的时候,一夜之间发生了九级地震一般,日本经济大厦顷刻间土崩瓦解,从此一蹶不振。当初儿子以为自己捡了个大便宜,不想,房子成了他永远也卸不下去的负担,一直到今天还没缓过气来。想起佝偻着虾腰的儿子,枝子的心隐隐作痛,可她又有什么办法呢?

二女儿加重了语气说,你不跟我哥说也行,我再跟他讲怕是要失和了，你愿意看到我们兄妹之间闹矛盾？二女儿的话像一根鱼刺正在枝子的嗓子眼儿里，枝子被卡住了。他们兄妹之间生分归生分，但总不至于撕破脸皮吧。枝子的口气软了下来，她说你哥他现在在上海……二女儿说，我知道，我也没让你马上跟他讲，我所以先跟你说说，是想让你有个准备，看看怎么讲好，这方面你会拿捏分寸的。枝子停顿了一下，慢慢地说，那我看看吧。二女儿似乎早就谋划好了，也知道枝子会帮她这个忙，目的达到了也准备挂机了。我等你的消息！二女儿说。枝子怕女儿挂断电话，连忙问：久莱怎么样？野香怎么样？二女儿说都好都好。久莱还做噩梦吗？野香尿尿还频吗？二女儿说没事了没事了。好了，你和爸多多保重吧。二女儿把电话放下了，枝子坐在那里很久，仿佛自己羽毛一般飘落在无边无际的空谷。

人啊都犯一个毛病，隔辈儿亲。可孙子孙女也好、外孙外孙女也好，枝子都挨不上边儿。儿媳妇是典型的日本家庭主妇，三个孩子都自己带，一天也不放在枝子家。大女儿孩子大一些，也很少来枝子家。想外孙外孙女了，枝子就去岩手县的花卷市大女儿家探望。大女儿对枝子的到来并没有表现出应该有的热情，也不明白枝子的心思。在枝子看来，大女儿笃信佛教，心思没在儿女身上，不过介绍起佛教来却十分热心。大女儿给枝子看的DVD据说是著名的天台寺住持濑户内寂听大师的演讲录影。寂听大师面对密密麻麻的信众说："我是为了爱情才活下来，其实婚姻的美妙之处在于婚外恋……不要怕伤害，大胆去爱。"枝子愣住了，她挥着手对大女儿说，你赶紧把电视给我关了，这是出家人说的话吗？什么乱糟糟的！大女儿笑了起来，她说我最敬佩寂听大师了，她说话不装假，风趣幽默，深奥的佛理讲得通俗易懂……你还是了解了解再下结论得好。枝子从大女儿那里知道一些濑户内寂听的情况，寂听大师出家前感情经历复杂，还是一位情爱小说作家，削发为尼后在日本国家 NHK 电视台主持《东海说法》和《人生和礼仪》脱口秀节目。1998 年她还获得了 NHK 电视台放送奖。寂听大师说，火能把东西烧坏，它自己是不知道的，天性使然；水能灭火，它自己也是不知道的，天性使然；佛慈悲，他自己也是不知道自己慈悲的，佛性使然。水火给了人好处或者坏处自己不知道，佛呢，也是给了人间慈悲而自己不知道的。所以，行好事图报还不是佛，你偶然回头，发现自己做过的事原来是慈悲，那你就成佛了。大女儿说，啧啧，寂听大师说的这些多么经典呢！枝子不以为然，她说，我不管佛理讲得好不好，我首先得看她像不像个出家人，一个好色的女人怎么能成佛呢？大女儿说，你不能说寂听大师好色，她只是承认人的本性罢了，再说，修佛的方法很多，八万四千法门，哪一条路都能修成正果的。枝子想了想，还是接受不了。

大女儿是认识岩下茂的，那次浅田住院，大女儿赶来探望，她是顺路赶来的，也是唯一的一次医院探望。大女儿对岩下先生翻译疾病很感兴趣，问岩下先生，您给很多病人翻译疾病吗？岩下说有几家找他，都是从中国来的日本遗孤。那您觉得，这些老人（找岩下的几乎都是老人）与日本老人有什么不同呢？岩下说翻译起来很困难。困难在哪儿呢？是奇怪的病症还是奇怪的想法呢？大女儿问。岩下说，主要是沟通起来不容易，语言上有障碍。大女儿自作主张地点了点头，她说我明白的，主要是想法不一样。后来大女儿就跟岩下谈起了自己内心的困惑，谈的时候，大女儿显然不希望枝子在场，她把岩下拉到医院外的树林里，两人谈了很久。后来枝子问岩下，大女儿都跟他谈了什么，岩下礼貌地对枝子点头，同时眨巴着眼睛，最终也没说什么。枝子知道岩下先生不想说，不过从他的表情看，诡秘之中还隐藏着疑惑。

二女儿与大女儿比较起来，二女儿做得要好一些，毕竟她还把两个妞妞送到枝子家住了一段时间。那时候二女儿的两个孩子久菜、野香还小，二女儿陪丈夫出国去东南亚，就把孩子寄放在枝子家里。那些日子可是枝子和浅田最幸福的时光啊……久菜和野香来的时候带一些漫画书和玩具，枝子看了看，《花样男子》《花房乱爱》，等等，她连忙给收了起来。没长成的小女孩怎么能看这样的东西啊？枝子自言自语地说。浅田在一旁乐呵呵的，他对这些不太理会。枝子抱怨道，亏得孩子的爸爸还有文化，你看孩子的名字给起的，翻译成中文多难听：韭菜（久菜），还不如香菜呢，还有野香，怎么看都算不上文雅。浅田咯咯地笑，他说日本的一些事情你是没办法理解的，操那个心干啥？枝子不服气地说，她们是我的外孙女，我当然要操心了。

枝子以她自己的方式对久菜和野香进行文化灌输，可惜时间过于短暂了。枝子给久菜和野香读童谣："下雨下雪，冻死老鳖；老鳖告状，冻死和尚。"老鳖死了怎么告状呢？为什么要冻死和尚呢？一段童谣，引来久菜和野香的一大堆问题。

"大毛愣出来，二毛愣攥，三毛愣出来干瞪眼。"枝子向久菜和野香讲解大毛愣、二毛愣和三毛愣都是星星，可久菜和野香无论如何还是理解不了。

对于小孩子来说，难理解是正常的，但是她们能从姥姥的眼神和态度中体会到姥姥的爱，知道姥姥是喜欢她们的，所以整天跟枝子背童谣。"跟我学，长白毛。白毛老，吃青草。青草青，长大疔。大疔大，穿白褂。"

久菜和野香特别喜欢互动性活动，像"逗逗飞""拍手"什么的，那些童谣是玩中念叨，念叨中玩的。"逗逗飞，我家有个小胖墩，也不哭也不闹，吃饱了就睡大觉，一睡睡到日头落。"陪久菜和野香玩拍手时，枝子有节奏地念叨起来："一斗穷，二斗富，三斗四斗开当铺，五斗六斗背花篓，七斗八斗绕街走，九斗一簸箕，到老享清福。"久菜问姥姥什么是斗呀，枝子拿起久菜的手告诉她，斗是手子肚的纹，圆圆的一圈儿一圈儿的是斗。野香问，那什么是簸箕呀？枝子说簸箕呀，是用来筛米用的，手指肚开口的圈儿就叫簸箕，因为它们长得像簸箕一样。外孙女还是没听明白。久菜问，筛米干什么呀？枝子说，筛米就是用簸箕啊。野香说，那我的手可以筛米吗？……对于枝子来说，这些童谣早已沉淀到记忆的底层，并且蒙上了厚厚一层灰尘，可不知道为什么，在天真童趣的久菜和野香面前，短短时间内都复活了。

枝子认为，童谣中的大反话是最有意思的了，她一直认为大反话里存在着智慧——"大年三十亮晶晶，正月十五黑咕隆咚，天上无云下大雨，树梢不动刮大风，公鸡得了月子病，克朗（公猪）得了产后风。"二女儿和她丈夫回来目睹了这一场景，二女儿十分不满，大声说，妈你都跟孩子唱什么呀？枝子说怎么啦，你们小的时候我不是也说这些吗？二女儿不礼貌地对枝子大喊大叫：我们是我们，孩子是孩子，那些东西早都过时了，早就长毛了。二女儿丈夫虽然没表明态度，但是坚决反对久菜和野香单独和岳父母在一起。不想，半年后的一天，家里人聚会，久菜和野香见到姥姥，野香对枝子说，姥姥的顺口溜很有意思，久菜也说，姥姥什么时候回中国，希望能带上我们。

星期六一大早，枝子给浅田蒸了鸡蛋羹，配了点心和小菜。浅田吃过饭之后要去寺庙大市场，那个市场只有周六周日上午开，主要是卖旧货，有点类似破烂市场。原来那里的生意很冷清，近十年才逐渐红火起来。原本实实在在的旧货市场，国内来的游客却把它叫着"古玩"市场，一些半吊子收藏家到这里淘宝，他们中有些人受到两种说法的鼓动，一种是海外古董回流的责任感，一种是日本的中国古董假货少的误判。于是眼睛发亮，出手大方。浅田曾对枝子说，你说那些人吧，表面看不出啥，精怪着呢。浅田虽然没去过北京潘家园，不过他知道，寺庙市场上的很多旧货都从北京进口，再被一些中国人买回去。居日的华人或者有华人背景的人管这叫吃国人饭。老顾头吃的也是国人饭，日本经济不景气了，他就以日商的名义在国内成立独资企业，花了几百万人民币就买了一家工厂，生产

"顾食品"，一部分产品出口到日本，很大一部分以日本的品牌直接卖到了国内。到国内投资时老顾头眼瞅着就七十岁了，居然找了一个二十二岁的小媳妇，那个小媳妇是工地里包工头的女儿，据说非常漂亮。枝子对浅田说那个小女孩图什么呢，咋想也想不明白。浅田说老顾头心里有数，他说是爱情，谁逗谁还不知道呢。老顾头的工厂办得不怎么成功，几乎年年亏损，可谁也没想到，中国的地产一路飙升，老顾头的资产也年年丰厚，到他去世时，卖掉工厂的净利润就达到八千万元。典型的吃国内饭啊！

说起来儿子也吃国内饭，他经营那个贸易公司主要是海产品和农产品，国内的年景好了，他的生意就好，国内年景差了他的生意就差一些。浅田倒弄的"古玩"是从东北地区来的老东西，比如一些字画、钱币、绣品什么的。浅田对买卖不怎么在行，钱没赚多少，主要是有个营生，可以牵动自己的注意力和发轴的身体。

浅田走了一个多小时，枝子觉得无聊又开始看电视，她看的是一个伦理片，一对母女正在发生争执，枝子想起来了大女儿，大女儿也很久没来电话了，她从抽屉里拿出了备忘卡，往大女儿家拨了电话。一直等到忙音出现也没人接，枝子又拨了一遍，还是没人接。枝子叹了口气，把电话放下了。大女儿的年龄也不小了，属虎的，今年也五十岁了，跟自己的儿女的关系也十分生疏。大女儿一共生养了四个孩子，两男两女，孩子到了十八岁，她和丈夫就把孩子撵走了。你当妈的怎么那么狠心呢？枝子责备大女儿，大女儿说入乡随俗，日本都这样，如

131

果她不这样做，丈夫不会同意的，别人也会不理解的。那你不会说服你丈夫呀，你可是中国人啊，中国人哪有那么狠心的。大女儿说你还把自己当中国人呢，你回中国不需要签证吗？是啊，他们是日本公民了。枝子这个年龄跟女儿不同，她觉得她保留了百分之九十五的中国，大女儿来日本时刚刚三十岁，没几年就和原来的丈夫离了婚，后来又嫁给一个日本人，她保留百分之五十的中国吧，而她的孩子，尤其是在日本生的孩子就不同了，他们从小讲日语，生活在日语环境里。"一个一个狼崽子，跟我都不交流，也不讲汉语，我都不知道他们怎么想的。"大女儿抱怨自己的孩子。有什么办法呢？枝子想，你们不也一样吗，你们虽然都讲汉语，可也不愿意跟我交流啊，我跟谁抱怨去呢？

电视剧结束，枝子觉得自己的腿有些麻，她起来收拾一下自己，准备去鸣桥桥头溜达溜达。从家出发下一个大坡，再转一个急弯儿，鸣桥就不远了。今天的鸣桥与往日不同，它被深锁在雾霭之中。一轮游船从桥下过去，发出刺耳的鸣叫，那样的汽笛声大概惊了海鸥，海鸥也发出一连串的叫声，由于雾气太重，枝子看不到海鸥令人眼花缭乱的飞翔。站在桥头，枝子觉得飘浮在浓雾中的鸣桥安静了许多，只有海浪舔舐岸基和桥墩的声音，桥上的汽车引擎声音也很小，枝子想，午后下大雾，晚上搞不好还要地震，本来昨天晚上就地震了，接下来的地震可能更明显一些呢，想起昨晚的地震，枝子就本能地想起浅田，那些小级别的地震他们早适应了，但是从国内来的游客不一定适应，他们会在摇晃中增加恐惧感，所以会影响到淘宝的情绪。事实完全印证了枝子的判断,枝子回家时,浅田已经坐在沙发上看电视了。

今天的生意不好吧?枝子问。浅田神秘兮兮地笑了一下,接着有些自得地说,今天买东西的人不多,可我把郑孝胥①的字给卖出去了。卖了多少钱?浅田用手比画着。枝子没看明白。浅田走到枝子身边,对着枝子的耳朵小声说了几句。枝子吓了一跳。那不发财了吗?枝子说。浅田四下看了看,仿佛怕人听见一般,不过接下来他就自己给自己哼哼着旋律,在地上跳起了笨拙的舞步。

老顾头活着的时候找浅田拿过字画,主要是为了送礼用。那次两人喝酒吃的是中餐,枝子给他们炖了东北菜。老顾头高兴了,他说这符合他的口味儿,东北有名的四大炖是:猪肉炖粉条、小鸡炖蘑菇、鲇鱼炖茄子、排骨炖豆角。枝子笑了,她说这个说法我还第一次听到。老顾头说,四大炖:猪肉炖粉条叫馋死野狼嗥;小鸡炖蘑菇叫吃饱不想夫;鲇鱼炖茄子叫撑死老爷子;排骨炖豆角叫天下没处找。枝子听后笑得更厉害了。在这样的氛围下,两个老头就刹不住车了,当着枝子的面儿讲起了荤嗑儿。还有很多是东北民间"四大"中的经典,两老头儿你一段我一段。枝子听不下去了,自动避开,两个老头儿像淘气的孩子,反而高兴得眉飞色舞。

晚上,浅田对枝子讲起了老顾头的故事,浅田就这样古

---

① 郑孝胥(1860—1938),字苏戡(苏堪),福建省闽侯县人。在诗词、书法上有一定造诣,但其效忠清廷,参与伪满的建立。

怪,你问他他不讲,你不让他讲他反而更来情绪。酒态微酣的浅田告诉枝子,老顾头这辈子不亏,在国内就不必说了,到日本与池上理子离婚之后,他先是找了一个留学生。那个女学生家境优渥,为了拿日本身份就跟他办理了结婚手续。老顾头说他睡那个女学生时,心想自己就是一个农民,如果不是因为到了日本,他一辈子可能都见不到女学生家长那样地位的人,那可是做梦都不敢想的事儿啊。当然了,那个留学生图的就是身份,身份办理好人家就离开了。后来老顾头又找了几个人,他最喜欢的是一个千叶县来的日本姑娘,唯一问题是那个姑娘吸毒……你啥意思?你的意思你找女人找少了呗?吃亏了呗?可那些年你在外面干的那些见不得人的事儿,你以为我一点都不知道哇?浅田说我不跟你说这些,没意思。枝子说我看也没意思。浅田说就是没意思嘛!浅田说老顾头说得对,我要是找个日本老婆就好了……枝子最不愿意听这样的话,她说你找啊,有本事找啊!没心没肺子的东西,当初要不是中国人,你早就让狼叼去,做鬼也做老了。浅田说你有良心?如果不是我你能来日本,能过上这样好的生活?狗屁好生活?像个没娘的孩子似的,你以为我喜欢这样的生活?枝子的声音越来越高。喝了酒的浅田也不示弱,他说那你为啥跟我来日本,有本事别来呀。枝子说我来日本是冲孩子来的,你以为是冲你来的?别不要脸了,照顾你大半辈子,回头换来这么个结果,你的良心让狗叼去了还是让狼吃了……浅田觉得事情闹大了,转身要回自己的房间,枝子得理不饶人地追了过去。人都是爹妈养的都不是从石堆里蹦出来的,你说说你,为啥就长个狼心狗肺呢?我倒霉瞎了眼嫁给了你，困难那时候我带着三个孩子递溜蒜卦的，我娘们大饼子都吃不上，还给你吃大米饭，你不撒泡尿自己照照，抠抠搜搜、磨磨叽叽的，除了脑瓜好使一点，你说说你有啥优点？……不说我了，就说你的养父母吧，生前你没条件尽孝，可来日本这么多年你回去上过几次坟？……枝子机关枪一般不停地数落浅田，不想，浅田竟然在床上打起了呼噜。枝子站在浅田身边，本想伸手打他一巴掌，手在半空中举着，渐渐地落了下来。枝子委屈得想哭，可不知道为什么，眼睛很干涩。

枝子给大女儿打电话的第三天，大女儿才回复了电话。大女儿告诉枝子她跟丈夫去静冈县热海温泉了，回家才看到电话记录。有什么事儿吗？大女儿问。枝子本来想关心关心她和外孙外孙女的事儿，这会儿话题变了。我要和你爸离婚！枝子说。大女儿似乎在电话那头伸了懒腰。枝子问，你怎么不关心我为啥要跟你爸离婚呢？大女儿见怪不怪的样子，不得不问，为啥呀？枝子大声说，你爸说我不如日本娘们儿……大女儿说你别理他就是了。枝子说，可他骑在我头上拉屎，我能忍受吗？这次我坚决要离婚。大女儿说，你们闹了那么多年，我们都习惯了，妈，不是我说你，你和爸都七十岁的人了，怎么还耍小孩子脾气。枝子说，这次不一样，我是铁了心要跟这个老东西离婚。你知道他有多猖狂，还说要找日本娘们儿……大女儿说，我刚回来，很疲劳……你们俩有精神头闹离婚，我不反对，想离就离吧，不用征求我的意见。枝子很生气，她说，你怎么能这样对待你的亲妈？大女儿说，我支持你呀，你打电话来不就是想让我支持你吗？我说了，我支持！我支持你也不满意，我要是不支持你，你会更不满意。说完，大女儿就把电话放下了，枝子喂了好几声，话筒里没有回音儿。

枝子呆呆地坐在床上，两眼发直地看着镜子里的自己，她觉得奇怪，瞅的时间长了，镜子里那个人越来越陌生了，你是谁？是枝子吗？

退休后，枝子和浅田两人经常闹离婚，仔细想一下，一年起码有三四回。按理说，人老了心气儿就平了，可不知道为什么，枝子觉得每过一段时间，她就要出出火气，也许对于浅田也是一样的，两个人出火气的时间不一致还好，如果恰巧赶上两人都想排火气，那冲突就不可避免了。枝子喜欢看电视连续剧，看了这集就想知道下一集怎么回事儿，由于和国内有时差，有些电视剧的时间晚一个小时。浅田睡眠不太好，枝子是知道的，所以夜里看电视她尽可能把音量调小一些，一点声音没有也不行，枝子文化水平不高，有些字她不认识，还需要声音。浅田对枝子半夜三更地看电视一直不满，不过总体上还是能忍受的，那天，不知道为什么他不忍受了，枝子正看在节骨眼儿上，浅田穿着内裤光着膀子出来，二话没说，一下子把电视机关掉了。枝子愣了一下，嘟哝一句"你神经病啊"，过去又把电视打开了。浅田凶巴巴地瞪着眼睛，很有力量地推了枝子一把，过去把电视机的电源给拔了下来。枝子被浅田惹恼了，她大声对浅田宣布：死老东西，我要跟你离婚！浅田也大声对枝子喊：混蛋老婆子，我也这样想的……这次是浅田的过错，枝子当然这样认为。当然也有枝子过错的时候，那年浅田拿回一个"瓷碗儿"，那个瓷碗实际上不是真的碗而是文房中的一个笔洗，浅田很喜欢，把玩来把玩去，不知道他怎么想的，后来他居然用那个笔洗吃米饭。由于那个"瓷碗儿"里面釉掉了很多，每次洗碗时枝子都挺烦的。一天，枝子忍受不住了，一赌气把那个麻麻拉拉的"瓷碗儿"丢在地上。浅田回来，枝子说洗碗时不小心把他的饭钵摔碎了。浅田非常不高兴，他说，我看不是洗碗摔碎的，是你故意打碎的吧。枝子立即火了，她说，我就是故意摔的能怎么样？家里水光溜滑的碗有的是你不用，用那个破玩意儿你不是有病吗？枝子承认是故意打碎笔洗，可把浅田给惹恼了，浅田骂枝子混蛋败家老婆子，"我明天就跟你离婚"。枝子当然不示弱，她说，好啊，我等啊盼啊就差这一天了，离婚了我也不用伺候人了，也清净了。第二天，浅田还真去找了律师，讨价还价好几天，后来变卦了，又不想付律师费，最后请律师吃了一顿饭，还给人家送了一小幅满族刺绣。儿子和女儿都知道老两口闹离婚的事儿。二女儿对枝子说，你们俩太让我佩服了，你说说看，你们闹离婚哪次是因为原则问题，都是鸡毛蒜皮的小事儿，我看啊，就是闲的，太腻歪是不是？太腻歪了找点别的事儿，何必闹离婚玩儿呢？

第二天早晨，浅田像什么事都没发生一样，早晨出去打那套形似神不似的太极拳，回来后对蓬头垢面的枝子说，昨天我喝酒过量了，胡说八道你别计较啊。枝子用眼睛扫了他一眼，没理他。不给饭吃了呗？浅田问。枝子还是没理他。浅田笑嘻嘻地说，那我自己找饭吃去了。说完哼着只有他自己能听明白的小调走了。浅田手里有钱，饿不着他。

　　一直到了中午，浅田也没回来，枝子心里渐渐有些不安，素日里浅田去的几个地方枝子是知道的，她想去找他，可又有些别不过劲儿来。这时，家里的电话响了起来，枝子踉跄地跑了过去。电话是医院打来的，对方讲的是日语，枝子听得囫囵半片，只听明白浅田以及病什么的。枝子觉得头顶嗡的一下，仿佛被地震时身后柜橱上的瓶子掉下来砸到了。这死老东西，越是担心的事儿越是发生了。枝子扔掉木屐，连衣服也没换，匆忙穿上外出的鞋，直接出了门。

　　医院在枝子家西侧，需要下一个大坡上一个大坡，如果从近路抄过去，就得走一个七八十阶的台阶。枝子出门时小岛上很安静，街上的行人也很少。麻雀在街上跳来跳去，枝子一路小跑过来，把麻雀惊飞，飞到街边电线杆子上叽叽喳喳地叫着。毕竟上了年岁，枝子来到台阶前就已经气喘吁吁了，她手捂着胸口儿，站在覆着一层层绿色青苔地藻的台阶前把气儿喘匀，然后开始爬台阶。应该说，爬台阶的过程中枝子什么都没想，她就一个念头儿，快点赶到医院，可在她爬过大半的台阶、几乎要登顶的时候，她的腿软了，脚滑下来，接着就顺着台阶滚落下去。事后枝子想，这是不是命中注定的一劫呢？她艰难地、吃力地爬台阶时，是不是跟自己过往的生活一样，年复一年，台阶越高年龄越大，以致某一天突然倒下了？

　　事实上，浅田并没有进医院，住院的却是枝子。枝子从台阶上滚下来，髋关节骨折。医院给枝子打电话只是让浅田家来人取浅田前些日子拍的 X 光底片，枝子没听懂。枝子住院期间，岩下先生发挥了重要作用，尽管浅田还是看不上他心目中的"双眼镜"，可现实的需要还是把他们的关系拉得很近。双眼镜一定会敏感到，随着两位老人年龄增大，他们是自己稳定的收入来源和可以深入挖掘的矿藏，所以态度十分谦恭。闲适下来，双眼镜还时不时向枝子请教问题。双眼镜拿着一沓纸卡片，上面记着枝子和浅田说过的方言。双眼镜恭恭敬敬地问枝子，"闹心巴啦"是什么意思呢？枝子说"闹心巴啦"就是有些心烦，心里难受烦躁。双眼镜"嗨嗨"地点头的，表示明白。接着问，那么，"直巴愣登"是什么意思呢？枝子说，就是直来直去，像木头棍子一样儿，比如说眼神儿吧，直巴愣登的……双眼镜做好了笔记，又问，舞马长枪呢？我们这里没有马，也没有长枪的……枝子有些为难，她说，舞马长枪就是个比喻，我也说不太准确，就是舞舞扎扎的意思。双眼镜嗨嗨地点头，其实他并没有完全明白，接着问"舞舞扎扎"是什么意思。枝子说舞舞扎扎……就是、就是比比画画的意思。双眼镜明白了，他用手比画着，笑着说，我现在就在"舞马长枪"。枝子说，不对，我说这个比比画画不是你那个比比画画。双眼镜愣住了，眼睛直盯盯地看着枝子。枝子说，我也说不明白，舞马长枪不是说动作，是指人的个性……双眼镜眨巴着眼睛，一脸茫然。双眼镜翻了翻自己的卡片，继续请教：还有一个问题，牛逼哄哄是什么意思呢？这个问题枝子没办法回答，她说你问我家浅田先生吧。双眼镜请教枝子期间，浅田一直在旁边坐着闭目养神，枝子这样说他就睁开了眼睛。双眼镜认真地问浅田，浅田先生，牛逼哄哄这个词是什么意思呢？浅田很不愉快的样子，他说牛逼哄哄的意思就是牛逼哄哄！双眼镜"嗨嗨"了两声，想一想，又摇了摇头，十分困惑和不解。枝子对双眼镜的认真态度和钻研精神还是认同的，不过枝子也明白，在双眼镜谦恭讨教的背后，将是她积蓄的减少和生活费的亏欠。

枝子出院后出门要坐轮椅。傍晚浅田推着枝子到外面换口气，枝子提出想要去桥头看看，浅田没说话，却按自己的想法儿去做，反正方向掌握在他的手里。枝子多么希望早一点扔掉轮椅，那样她就可以支配自己的身体了。

秋天的落叶在街上飘零着，儿子终于来看他们了。儿子少言寡语，在浅田那里了解一些情况后只对枝子说了一句话："这个年龄就不要伤感了，伤感对养病不好。"枝子并没有觉得自己伤感，她记得自己曾对儿子说过，忧伤是可耻的。那个时候儿子刚到日本，他曾经暗恋乡中学的一个女同学，儿子离开了中国他们就各自天涯了。儿子这个时候跟她说这些是什么意思呢？

枝子让儿子陪她去桥头，她告诉儿子她很长时间没去看鸣桥了。儿子不知道鸣桥在哪里，在枝子的指挥下，儿子用轮椅把枝子推到了陆岛跨海大桥的桥头。到了桥头儿子仍十分糊涂，不知道枝子为什么管那个悬索大桥叫鸣桥。枝子在医院住院期间，这里被台风洗礼一次，台风肆虐过后的狼藉仍然拾目可见。枝子说，你听到什么声音了吗？儿子说海浪的声音。枝子说声音里是有颜色的，不过你要细心才能辨别出来。以前，枝子来桥头张望，跟儿子女儿以及孙子孙女有关，现在儿子就在身边，她还在张望什么呢？

秋风轻轻掀动枝子的围巾和衣袂，她的目光也迷离起来。六十年前，家乡那个清澈见底的小河，那个牛车走在上面就摇晃的木桥，那个早晨青绿的岸边，小凤英听到柱子的声音，柱子就在她身后的大树上，她不好意思去看。柱子喊道：小丫蛋儿，上河沿儿，挖两坑儿，下两蛋儿……那景象像库存经年的老片子，闪动划痕、影像模糊，迷离的景象也恍若梦境，都让人怀疑它是不是存在过。柱子的确是存在过的，在她看来，小时候的柱子总是如影随形，后来他当兵走了，再无消息。

儿子见枝子满脸泪水，小声问，妈你不舒服吗？枝子说我没事儿，老了老了眼睛也出毛病，风一溜就流眼泪。突然，枝子想起了什么，她抬头问儿子，你还记得你小时候妈妈跟你说过的歌谣吗？那个大反话，她小声念叨起来——大年三十亮晶晶，正月十五黑咕隆咚，天上无云下大雨，树梢不动刮大风，公鸡得了月子病，克朗得了产后风。儿子用古怪的眼神儿看着枝子，表情谦和却也冷漠……这时，枝子看到了侧面树丛里的浅田。

枝子说，老东西，别在暗处鼓鼓秋秋的，来了就来了，光明正大一点儿好不好？浅田有些羞涩的样子直起了腰，他走过来对儿子说，你看明白了吧，你妈就这样，动不动就叽叽歪歪、急扯白脸的。枝子说，还好意思说我，你好？半拉卡叽的样儿吧!

枝了躺在沙发上四下望着,阳光下,老顾头牌位卜的菊花枯萎了。

枝子一直也想不明白浅田为什么会怀念老顾头,他们只是来日本之后才认识的,没有深厚的交情,也没在生意上合作过,他们只是一般的酒友。从枝子的角度看,她并不喜欢老顾头。当然,老顾头也知道枝子不喜欢他,别说老顾头那么聪明的人,一般人从表情上也能判断人家是不是喜欢你。老顾头第二次到枝子家来,他对浅田说,我这个人啊,一辈子是硬闯过来的,有句老话说,傻小子睡凉炕全凭火力旺。当然我也有难爬的坡儿、过不去的坎儿,难的时候我就来横的,打滚耍泼!这样的话枝子能愿意听吗?浅田却听得有滋有味儿。还有,讲起在国内的生产队时,老顾头私下里用豆腐换黄豆,被队长抓住了,本来队长想处分他,他大半夜去队长家闹事。老顾头说,我这个人啊,茅坑里的石头,又臭又硬,谁都拿我没办法。所以,在枝子的印象中,老顾头是个老流氓。枝子这样看待老顾头,尽管是心里想的,可老顾头也能感觉出来,所以老顾头也不怎么喜欢枝子。一次浅田去城里拜访老顾头,喝得醉醺醺的回来,不知不觉把老顾头说枝子的坏话给说了出来。浅田告诉枝子:老顾头说你不会打理家务,厨房埋了咕汰,进去一股唔拉巴登的味儿,客厅里坯儿片儿的,还有桌子,在太阳下看魂儿画儿……枝子一听就不高兴了,她说,老顾头是个什么东西啊,自己磕了巴碜的,还吹牛,哎呀呀,那么多女人喜欢他爱他，害臊不害臊啊，你看他那秃顶秃的，奔搂瓦块的，还有牙，如果不是假牙，早就豁牙露齿地小瘪瘪嘴儿了，还来说我？……以后他再来咱家，看我能给他好脸才怪！

有时静下来，枝子想，老顾头那样的也是一辈子，他的人生价值在哪儿呢？他死之后是上了天堂还是入了地狱呢？或许根本就没有天堂，当然了，也没有地狱。

枝子不喜欢老顾头，不等于别人不喜欢他，浅田就喜欢他。奇怪的是，岩下茂似乎也很喜欢老顾头。老顾头那次来，正赶上岩下陪着浅田从医院回来，在枝子的挽留下，岩下也陪着喝了酒。当老顾头知道岩下茂是解释疾病的翻译，他对岩下发生了浓厚的兴趣，他问岩下，你经常给人翻译疾病，那你不成了半个医生啦？岩下点头哈腰，表现出格外的礼貌和谦逊。其实老顾头真正关心的并不是岩下的医学知识，岩下毕竟不是医生，他感兴趣的是，岩下一定有很多别人没有的人生经验，因为疾病往往和人的隐私联系在一起，岩下知道很多通常人们不知道的事情，当然也会比别人更懂人生。老顾头说，我这个人身体很好，只是心里有个疙瘩一辈子也解不开。岩下耐心地等着老顾头说下去，老顾头似乎想等岩下问。等了一会儿，老顾头说，我觉得我这个人被诅咒了……岩下没听明白。老顾头解释，他小时被跳大神的巫婆诅咒过，从此之后，自己一直没摆脱那个诅咒。"什么诅咒呢？"岩下问。老顾头说，诅咒我是一只跳马猴子，一辈子劳碌奔波，为钱、为女人。有很多次，我很清晰地看见了另外一个自己，那个跳马猴子，年轻的时候看还没有胡须，后来老了，长着白胡子。岩下想了想，笑着说，顾先生说的很有意思，其实我们都是跳马猴子啊！老顾头很失望的样子，很显然，岩下并没有给他解释清楚或者说没有给他想要的答案。浅田在一旁说，什么跳马猴子不跳马猴子的，跳马猴子也没什么不好，不是说人是从猴子变来的吗？岩下并没有浅田的教育背景，他不太理解地说，人怎么可能是猴子变来的呢，人是神的后代啊。老顾头叹了口气，发愣地说，看来巫师说得对呀，诅咒是没办法解除的。浅田见老顾头情绪忧郁，连忙调节气氛，讲了一个猴子的故事。浅田说他在工厂做工的时候，仓库后面来过一只猴子，由于工厂地处城市，不知道那只猴子从哪里来的。组长组织大家去抓猴子，尽管那只猴子已经进到电子元器件封闭的厂院里，可灵活的猴子还是很难抓。大家好不容易把猴子抓住了，关在一个笼子里。他们像养宠物一样给猴子买了很多好吃的，香蕉以及各种糖果点心。晚上，组长怕猴子跑掉，他亲自上了笼子盖儿，用纤维绳子打死扣系好，这样大家才放心地离开。谁想第二天，那只猴子不见了，绳结儿被打开了。他们想不出猴子为什么那么聪明，人系的扣子猴子居然可以破解。于是，他们四处寻找猴子，也打了不少联系电话，结果一无所获。就在大家快把猴子忘记时，大概第四天下午，一个工人喊了起来，大家循着声音跑过去，发现那只猴子已经回到笼子里，正在吃前几天剩下的食品。说完，浅田大笑起来，岩下也跟着笑了起来。老顾头想了想，似乎没想出笑的理由，端起酒杯，自己沉闷地嗞喽一口儿。

那天晚上，枝子和浅田送走老顾头，岩下小声问枝子，跳马猴子是什么意思呢？枝子说，猴子从马上跳来跳去呗。岩下想了想，十分不解地说，这样啊，可它们还是猴子啊！枝子想了想笑起来，她念叨着：大年三十亮晶晶，正月十五黑咕隆咚，天上无云下大雨，树梢不动刮大风，公鸡得了月子病，克朗得了产后风……

2012年冬

裂纹虎牙

东北的深山密林里，老早就有虎牙辟邪的说法，这种说法流传了多少代无从考证，不过，一直到今天，上了岁数的人还坚信这一点。

据说，真正的虎牙是乳黄色牙上有明显的裂纹。而判断虎牙的重要依据就是裂纹，虎牙的裂纹十分特别，与其他任何动物的牙齿都不同。在老早，猎人就有佩戴虎牙饰物的习惯，在虎牙的根部用金刚钻打上眼，再用浸过猪血的麻绳系牢，挂在腰上，遇到险情时，虎牙就会提示你，向你报警。到20世纪初，一些胡子头儿，也在腰间挂虎牙，他们不再把虎牙的根部钻眼儿，而是将虎牙镶上银皮，那样，就少了一些血腥之气多了一些美感。一般小绺的土匪是没有虎牙的，虎牙如同农家的镇宅之宝，有虎牙的绺子一般都声势浩大，威震四方。

据说虎牙还有一种特别的功能，佩戴虎牙的人可以将对方的前世显形，也就是说能看出你的上辈子是什么托生的。土匪也是人，他们并不都是杀人不眨眼的魔鬼，他们也有恐惧的时候，可是当佩戴虎牙的人眼睛里看到的人都是动物，比如猪、羊、鸡什么的，他自然不怕，并要大开杀戒了。当然，这种说法也是传说。

说到佩戴虎牙的猎人,也不是谁都有佩戴虎牙的福分的,在老黑山一带,真正打死过老虎的只有常佩祥一个人,他的腰间的确挂了一个虎牙,而且是虎牙当中的上品——右侧上牙。不用说,常佩祥是老黑山最有名的猎手。

话说到了民国十三年(1924)五花山色的秋天,单枪匹马、神出鬼没的常佩祥突然领回一个"儿子",在别人看来那个虎头虎脑、眼睛发亮的小子是他儿子,可那个孩子叫常佩祥"叔"。

那孩子叫常兴华,小名叫狗剩儿。狗剩儿是从三姓(现黑龙江依兰县)来的,当年十四岁。狗剩儿刚来的时候寄住在细林河老张家,老张家是细林河的殷实之户,张家掌柜的与常佩祥有多年的交情。

狗剩儿来了之后,张家的人几乎没听过他说话,整天关在屋子里,闷闷的,无精打采的样子。如果到了外面就不一样了,狗剩儿的眼睛雪亮,身子骨儿也活泛开了。当时,能和狗剩儿玩的只有张家的"老疙瘩","老疙瘩"是张家最小的女儿,十二岁。

狗剩儿似乎天性就野,他带着老疙瘩在山前河后玩出不少的花样儿。秋天的树叶落了,很快就下雪了。刚一下雪,狗剩儿就带老疙瘩去后山下兔子套,头一天晚上下的套,第二天早晨遛的时候,就能拎回两只野兔。

狗剩儿还出奇地勇敢,下第二场雪时,他领着老疙瘩去铁道线上抓狍子。那场雪特别大,那雪是这样下的,下雪的时候天显得很低,大片的雪花悠闲地飘着,静静的。然而雪一停,就刮起了风，风吼叫着，把落地的雪再扬起来，白茫茫的一片。经风一吹，地上的雪就不均匀了，围墙、土坎的地方可以没人深，一般的低洼地也齐腰深。雪晴了，林子里的狍子就跑了出来，它们习惯到高坡地带觅食，常常跑到俄国人管理的铁道线旁边。

那天下午，狗剩儿就带老疙瘩去抓狍子，狗剩儿拎了一根榆木棒子，拉着柞木爬犁。老疙瘩领着六个月的"四眼儿"——那条东北笨狗也吃力地跟在他们身后，蹚着大雪向南大营子铁道线走去。

在铁道线的隧道口儿，果然有四五只狍子，听到狗剩儿的喊叫，那几只狍子慌乱了，它们东奔西闯，有两只狍子陷到雪堆里。狗剩儿兴奋起来，他拼命追赶着。这是一场比智慧和耐力的捕杀，一个时辰过去了，狗剩儿已经捕杀了两只狍子，到天擦黑的时候，狗剩儿已经捕杀了五只狍子。

天眼看就黑了，狗剩儿也消耗了几乎全部的能量，他走不动了。这个时候，老疙瘩也由原来的兴奋变成了恐惧，她四顾白茫茫的山野，看不到家，就哭了起来。

东北冬天的天气就是这样，白天还不算特别冷，可太阳落山后就不一样了，尤其是刮起了北风，寒冷会骤然降临，没多久，狗剩儿和老疙瘩白天湿的衣服就结了冰，摩擦起来沙沙直响。"四眼儿"也围着他们转着，汪汪地叫。

天黑了，狗剩儿把几只狍子围在一起，他和老疙瘩坐在狍子中间，他们相拥着，靠彼此的体温来抵抗寒冷。这时，老疙瘩绝望了，她直直地瞪着大眼睛，却没有泪水。

好在晚上起的风还没有把他们的脚印抚平,大人们终于在他们没有被冻透冻僵的时候找到了他们。

这件事发生之后,张家掌柜的就把常佩祥找来了,他觉得狗剩儿这孩子"悬乎",怕把老疙瘩带坏了。本来,常佩祥想把狗剩儿留在细林河,让他读书。无奈,常佩祥只好把狗剩儿带走,跟他进了深山老林。

狗剩儿走的时候,老疙瘩没见到他,她从炕上起来不久,家里就把她送到镇里读公学。她就再也没见到狗剩儿。不过,在镇上,老疙瘩听说狗剩儿在腊月时下了一次山,为细林河的人除了一害。据说在细林河通往镇里的山坡上,有一个拦路的"张三"(狼),祸害了两三个人。狗剩儿下山后,就用了一种非常奇特的方法,把那个吃惯了嘴的孤狼给活捉了。老疙瘩听到的传说是这样的:狗剩儿先把锅盖掏了一个小孩儿拳头大小的洞。傍晚,他扛着锅盖,抱着一头猪崽子,到乱坟岗子拦路狼常出没的地方,在那里找一个刚好能蹲下自己的旧坟坑,就抱着猪崽子潜伏在坑里,上面盖了锅盖。等狼的时候需要耐心,他就不停地捅小猪崽,小猪崽发出的声音终于把狼引来了。那条狼撬了几次锅盖也没有撬开,就冒险将前爪从锅盖留下的洞口伸进去。这时,狗剩儿把狼的腿紧紧拽住了,就这样把那个拦路的狼给扛了回来……

一晃几年过去了,到民国二十年(1931),狗剩儿已经成了老黑山一带最有名的猎手,他也戴上了虎牙,狗剩儿的虎牙比他叔常佩祥的还正,是左侧上牙。

狗剩儿是天生的猎手,他不仅耐力好,头脑冷静,并且枪打得出神入化，他打枪不用瞄准，枪一立，子弹跟长眼睛似的。据说，狗剩儿打枪靠的是感觉，是一种视觉、听觉和感觉的综合反应。

转年变天了，到了1932年，小鬼子进来了。小鬼子占领了县城和细林河，腾出手来的日本人开始进山围剿被打散的抗日山林队。当时，常佩祥和狗剩儿并没有参加山林队，他们是地地道道的猎户。小鬼子讨伐队到八道沟时，他们撞到了常佩祥，不由分说就把常佩祥捆了起来，没收了猎枪和匕首，当天就把常佩祥押回了镇里。

常佩祥被抓时，狗剩儿正往七站贩皮货，第三天他回到细林河。到了细林河，他才知道常佩祥被抓的事，在他回来的那天上午，那家掌柜的已经将常佩祥从镇里赎了出来。在日本兵营里，常佩祥被打断了肋骨，马车把他拉回细林河时，他已经奄奄一息了。

常佩祥回细林河的当晚就不行了，回了细林河他一句话也没说，只是瞪着发红的眼睛瞅着狗剩儿，艰难地呼吸着。他大概觉得窝囊，徒有一身的本领却这样死了。

狗剩儿也没有说话，他默默地跪在常佩祥躺着的炕前，瞅着常佩祥那双眼睛。

临咽气，常佩祥指了指自己的腰下，狗剩儿明白了，他摩挲着在常佩祥的腰带上找虎牙，然而，那只虎牙早已不知去向。

狗剩儿还是装成找到了的样子，他将自己的手握紧了，在常佩祥的眼前晃了晃。常佩祥终于闭上了眼睛。

……那年秋天的一个深夜，小镇的日本兵营被袭击了，死了两人，伤了五人。据说是狗剩儿一个人干的，这件事震动了县城。

　　不久，县城的警察和日本宪兵都进山了，他们有四五十号人，一齐围剿狗剩儿。进山一个月后，他们又垂头丧气地回来了。细林河的人从窗户里看到，队伍里抬的死人和伤员几乎都是日本人。后来从警察署里传出风儿，说那次讨伐又死了四个日本人。而那些警察都知道狗剩儿的威名，他们根本不敢靠近狗剩儿，只有日本人自以为是，不知死活，进山的八个小鬼子，死了一半。

　　不过日本人放出风声，说狗剩儿已经被击中，像落了单的野狼，必然死于灌木丛中，并告示附近的山民，如果发现狗剩儿的尸体可获"大洋赏"。

　　就在有的山民暗里给狗剩儿烧香时，那年旧历年，县里的日本参事官岩下乔一被杀死在家里，正月十五，七站火车站又被袭击了，一个日本站长和两个铁路警察被击毙，都是眼睛被炸开了，头颅血肉模糊。

　　那年过年，是山民们暗藏喜悦的一年，他们走东家串西家，庆贺着。狗剩儿也被传得越来越神，成了天上二郎神下凡。

　　正月一过，五个神秘的日本人来到了细林河，其中四人是宪兵总部选拔的神枪手，这几个人中领头的叫山地，是县特务股的股长，北海道的世代猎户，另外的几个人分别叫藤崎、冲原、西坂、盐诸。他们都是关东军中优秀的狙击手，几乎都有闻声中靶子的本领。

大概日本人也总结了经验和教训，为防止走漏了消息，他们化装成商人，夜行昼伏，马车爬犁路过细林河时正是午夜，细林河在冬夜中沉睡着，细林河是当时深山外唯一的一个屯子了，过了细林河，就算真正进山了。那天夜里，除了一阵狗叫声，谁也不知道日本狙击手已经进了山。

第二天中午，山地他们到了老道岭，在破损的庙里睡到天黑。天黑之后，山风就起来了，山地把盐诸和马爬犁留在了空庙里，以备接应。自己带另外的三个人开始向六道沟而去。六道沟的密林里就有狗剩子的驻地，那是一个桦木木刻棱房子，已经几十年了。那个房子处于密林深处，走出二十米看到的只是林子却看不见房子。房子的北面是黑色嶙峋、形状怪异的石砬子，砬子根儿有一处四季都活的泉水眼。

山地他们到六道沟时已临近午夜，月光很好，白花花地映照在山林里。在山顶上，藤崎和几个狙击手都预感到狗剩儿就在山坡那片密林里。山地打开地图，那个早在十年前由日本测绘人员勘探的地图使他们多生了一只眼睛，他们对那些山的走势、树林的疏密程度都已掌握。

进山之前，他们已经设计了五套围剿狗剩儿的计划，可真的站在这片静谧且有些神秘的深山之中，山地倒吸了一口寒气。经验告诉他：他们只能采取"下一步"的方案，他知道"理想"的方案是把狗剩儿打伤，抓活人，然而，身临其境，山地知道，以往的问题都出在那些指挥官过于相信自己，实际上他面对的是一个真正的猎手，一个在这个世界上并不多见的优秀猎手。

山地似乎在布置计划时就知道，他们将面对一场生死的较量。所以他根本不听狙击手的反对意见，而是实施了NO.5计划。这个计划是这样的，山地和其他三位狙击手潜伏在三个不同层次的方位，天亮时，在老道硵子的盐诸会牵着马出现在这个长满柳毛棵子的沟塘里，山地跟在盐诸的后面。盐诸在上海长大，会说流利的南方话，他装扮成商人，直接去狗剩儿住的木刻楞房子，力图把狗剩儿引出来，只要狗剩儿露头，即使狗剩儿逃脱他这一道鬼门关，也难过第二道、第三道潜伏的围击……行动时间定在早晨六点。

布置完毕，山地拿出一壶酒，他扬起脖子喝了一口，又递给了藤崎、冲原和西坂，这一过程他们都没说话，显得庄严而凝重。

之后，山地一挥手，几个狙击手就开始向指定的目标分散。然而，没跑出十几米，藤崎就闷闷地嗷了一声，倒在地上。山地他们跑过去一看，藤崎被捕野猪的铁夹子给夹住了。那个铁夹子是苏联造的，几十公斤的力量，藤崎自己是无法把那个夹子掰开的，况且，他的腿骨即便不被夹子打碎，恐怕也被打折了。山地过去给了藤崎一个嘴巴，又向随之而来的冲原招了招手，他们两人合力，才把那个大铁夹子从藤崎的腿上卸了下来。

进山之前，山地告诫过几个狙击手，让他们避开野兽的路线，以防止出现意外。现在，围剿还没有真正开始，一个狙击手就先行倒下。

藤崎的腿受了伤，并且不断流血，他也得向目的地爬去。

山地回到了他必须等待的位置，用军用锹挖了一个雪窖，在那里静静地等待围剿时间的到来。在雪窖里，山地还做了一个梦，他梦见自己和父亲在山林里……父亲的脸上都是血。山地醒来，他的心怦怦直跳……这时，启明星已经出现在东方的天空。

山地他们进山的第三天后，马爬犁拉着四具尸体下山了。四具尸体中有狗剩儿、山地、冲原和盐诸。两个活着的日本人也带着伤，筋疲力尽。他们是藤崎和西坂。马爬犁在山林警察队的护送下，缓慢地走过靠山屯细林河。围观的人很多，他们都想看看狗剩儿的样子。当地的人没人知道那场战斗是怎样进行的，甚至县里的人也不知道，打死狗剩儿的人实际上是山地，而山地在打死狗剩儿时与他同归于尽了。

后来有了很多传说，那就是另一回事了。半个世纪后，一个日本老兵在写回忆录的时候提过他在老黑山参加过一次"最没面子"的围剿行动，并从那一次开始，他懂得什么是"恐惧"了。具体内容也不详细。不过有一点人们的想法是一致的，他们都认为狗剩儿是被偷袭的，如果不是被偷袭，狗剩儿一定不会死的。

事实上，在此之前狗剩儿是得到过消息的。山地他们进山的时候，山地在县小学当教员的老婆在佛龛前给他祷告，她也听说狗剩儿厉害，所以请求大造神保佑山地平安回来。恰巧这时，她的同事张教员来看她，知道了这个消息。于是，那天下午,小镇上跑出了一条黑白相间的老笨狗,那条狗直接进了老黑山。

狗剩儿死后,日本人在狗剩儿住的木刻棱房子里发现了一张"通风报信"的纸条儿,落款是"老疙瘩"。原来,张教员就是和狗剩儿小时候一起玩的张家的小女儿"老疙瘩"。不久,张教员就失踪了,从此下落不明。

老疙瘩是尽力了,可惜,狗剩儿根本不认识字,不然,他们的结局也许就不同了。

一年一年过去,很快就半个多世纪了。狗剩儿的坟早没有了,尸骨也化为芬芳的泥土,不过,现在老黑山一带还传说狗剩儿的一些事,很多人说狗剩儿的虎牙还流传着,说的人百分之百肯定那个虎牙的存在。

狼毫毛笔

一

早年的东北管村镇叫屯、堡子和营子的多，比如腰毛屯、瓦窝屯、三姓堡子……比如黄旗营子、蓝旗营子、高丽营子什么的。有的是旧时的称谓，有的是蒙古语或满语的音译，牛信山有一个地方叫津家庄，就显得有些与众不同了。

津家在牛信山是首屈一指的大户，大到什么程度？这么说吧，他家的土地涉及了三个县的辖区，有名的津家大院有三米高的石墙，在"跑毛子"之前就养了炮手。津家老少四代共三十几口人，加上伙计、厨子、奶妈子什么的，五六十口人。津家在津艮这一代开始创业，不消两代人，就像瓷盆里的发面一样在荒凉的东北大地上快速膨胀起来。

津艮在津家定居之前的身世有好几个说法。有的说津艮是正红旗汉人，祖籍山东蓬莱，他先后在墨尔根和宁古塔（现黑龙江省宁安市）做官。也有的说津艮在光绪十七年（1891）来三岔口（现黑龙江省东宁市）参与官垦。当时，任帮办委员，月薪银十两,车价钱三十千文,渐渐置办家业。光绪二十六年(1900),庚子年事发,官垦大遭破坏,宁古塔至三岔口的驿路再度荒凉,津艮才定居在牛信山老宅。另一个说法是,津艮小的时候从海道到俄境内做小本生意,之后,经商往返于俄境与三岔口之间,光绪二十二年(1896)成了暴发户,便来到山清水秀的牛信山开垦土地。还有一个说法,那与津家口头的一些传说有关,说津艮在家乡练武,十八岁出山,一路漂泊到东北,在佛爷沟采参,在交界顶子淘金,庚子年后在牛信山定居……不管怎么说,津家到了津艮儿子津游程那一代就进入鼎盛时期。

然而,津家这样的大户人家正应了一句老话:"穷三代富三代。"到了津游程的儿子津鼎宏这一代就发生了巨大的变化,按汉文化的传统,继承祖业的一般都是长子,作为长子的津鼎宏偏偏是个性格懦弱、胆小怕事的人,倒不是老百姓常说的缺心眼儿,可也像霜打过的茄子一样蔫儿巴巴的。到了民国十七年(1928),津游程已经重疾在身,眼看着长子津鼎宏顶不起门户,他心事重重,病情也日渐加重。津游程膝下儿女八人,儿子只有二人,除了津鼎宏,还有二儿子津鼎常。津鼎常是津游程的小老婆所生,属于庶出,加上他贪财好色,心狠手辣,尽管津游程对他不满意,可津游程更加担心津家大权旁落到兄弟或者兄弟儿子的手里,无奈之中只好让二儿子津鼎常执掌家业。

津鼎常主家事不久就到了农历霜冻,津游程也在漫天纸钱和大哭小叫之中被送上了黄泉路。津游程过世之后,津鼎常就肆无忌惮地当起了大老爷，而津鼎宏则像被津家抛弃了的儿马一样，在津家的老跑腿子老张头的陪伴下，到县里的公学教书去了。

说起来，津鼎宏是津家唯一接受过新式教育的人，从这一点也可以看出津游程的良苦用心，他本指望津鼎宏在外头长了见识之后能有出息，不想，津鼎宏肄业回家之后就更加沉默，整天坐在家里练字，有的时候整天不说一句话。津鼎宏在二十一岁那年，老太爷做主为他娶了一个老婆，老婆是爱河（现牡丹江市）人，娘家姓刘，出身中医世家，人长得漂亮，又识文断字。娶了老婆之后津鼎宏仍旧习不改，他不问家事，整天把自己关在书房里，他在书房里干什么没人知晓。

津游程出殡那天，津鼎宏也没出来同大家一起忙活一起哀伤，他像平常一样把自己关在书房里。为此，一向瞧不起他，平日里像驯狗一样训他的弟弟津鼎常终于找到了借口。津老爷烧过七期之后，津鼎常就把家人召集到一起，以大不孝的罪名对津鼎宏大肆责骂。受了弟弟的责骂，津鼎宏并不还嘴，站在地上哆哆嗦嗦，不时地擦汗。最后，津鼎常骂得腻味了，就说："你自己想条生路吧，津家有粮食喂狗也不养你这么一个窝囊废！"

当天下午，津鼎宏的老婆去找津鼎常说情，津鼎常说："大嫂你放心，我在县公学给他安排一个差事，我这样做也是为他好。"

津鼎宏老婆对津鼎常感激不尽。

就这样，开江的时候，津鼎宏和老张头踏着有残雪的土路去了县城。津鼎宏的表情十分平静,他背着一个褡裢,褡裢里面插着一支狼毫毛笔,那个毛笔的杆儿已经被磨得红酱酱的。"这里有血脉!"津鼎宏对老张头说。

二

津鼎宏到县城教书倒也十分认真,一晃几个月就过去了。原来别人以为津鼎宏在学校里站住脚是因为津家的势力给他罩着,后来,关于津鼎宏的公正评价也渐渐传了出来,津鼎宏除了管不住学生,教学他还真有一套,好像天生就是一个教书匠。

学生放春假时,津鼎宏才和老张头回了津家庄。

回到津家庄之后,有一件事令津鼎宏的处境极其难堪。津鼎宏离家之后,津鼎常公然霸占了他漂亮的老婆——津鼎常的嫂子。津鼎常并不缺少女人,他为什么一定要霸占嫂子,津鼎宏想不明白。

见津鼎宏回来了,津鼎常还故意去嫂子的房间里睡觉。那天晚上,津鼎宏站在门外又咳嗽又敲门,房门就是不开,只是屋子里传来津鼎宏老婆嘤嘤的哭声。无奈,津鼎宏去掀木头格子窗,把格子窗掀开时,津鼎常把一只勃朗宁手枪对准了津鼎宏的额头。

津鼎宏吓得直哆嗦,差点就尿了裤子。

"滚！滚回老宅去。"津鼎常在屋子里吼道。津鼎宏哆嗦了一下，连忙松了擎着窗扇的手。

老宅是津家发迹前的房子，在牛信山里面，离现在的津家庄有四十里。老宅住着津鼎常的四叔和一些侍弄农活的长工。四叔在津家的地位谁都知道，他小的时候得了大骨节病，五短身材，不识字，当年老太爷把他遣到老宅，老宅几乎成了他的"活监狱"，他也成了没有刑期的"活囚徒"。所以，津家人都知道遣到老宅去的含义，那就是把你排除在津家之外，被津家抛弃了。

津鼎宏在院子里呆呆地站了一会儿，转身向大门外跑去。

津鼎宏出了院门儿老张头并不知道，他还在棚子里吧嗒吧嗒地抽叶烟。老张头一边抽烟一边听蛐蛐的叫声，那叫声时断时续的，盈盈着……掌柜的睡着了吗？想起津鼎宏，老张头觉得心里难受，他认为津鼎宏待人不错，可好人就是没坏人享福！在津家大院的人看来，他老张头像老哑巴，整天迷迷糊糊的，其实他的心里最有数儿。

老张头躺在棚子里胡思乱想时，津鼎宏已经走了一个时辰，来到白花花月光下的草甸子里，他实在太累了，就在一块土坡上躺了下来。这个时候，津鼎宏的眼前是满天的繁星，一会儿远，一会儿近。近的时候就像挂在眼前，伸手就可以摸到，远起来比小时候的梦还遥远。草甸子里的夜空常有流星划过，一会儿一个，拖着长长的尾巴。天上一颗星地上一口丁，津鼎宏想：自己会不会成为流星，在这草甸子里被狼叼走呢？

不知不觉间，津鼎宏的眼角已经流出了泪，那泪水开始有点热，沿着他的脸向下流，流到耳根处痒痒的。

津鼎宏就这样伴着眼泪，沉沉地入睡了。

第二天天刚放亮，津鼎宏就醒了，他站起来一看，才知道自己昨天夜里睡在乱坟岗子里，以往，打死他他也不敢在游弋着孤魂野鬼的地方过夜，据说那些坟是修铁路（中东铁路）的时候留下的。

津鼎宏的心怦怦直跳，觉得自己的两腿也有些发软。这时，津鼎宏看到有两个人骑着马跑了过来。津鼎宏连忙迎了上去。

骑在马上的两个人，都留着戗茬儿的胡子，眼睛发红，脸黑黢黢的，像刚从砖窑里出来被烟熏火燎过一般。津鼎宏暗吃一惊，以为活人遇见了鬼。

两匹马围着惊魂未定的津鼎宏转了几圈，其中的一个人说话了，他问津鼎宏是干什么的。津鼎宏老老实实地报了自己的姓名，并对那两个人说，他夜里走迷瞪了，如果那两个人把他送回家，他必定酬谢。

说起来，即便津鼎宏真的去老宅他也不必一定连夜赶路，他总要准备准备，况且，他根本没有去老宅的意思。他完全是被一种莫名的委屈感和说不清的东西支配着，糊里糊涂地走到草甸子里。现在，他有些清醒了。

来的两个人一个叫马龙，一个叫马豹，他们是老黑山密林里新出现的一股土匪势力。马龙和马豹是兄弟俩，他们还有一个哥哥叫马虎。这兄弟三人原是老黑山的猎户，都是百里挑一的枪手。去年冬天，大哥马虎在三岔口贩皮货时和俄铁路路警发生了冲突，结果，性情暴躁的马虎枪杀了三个俄国路警，马虎的行为激怒了远在哈尔滨的远东铁路当局，马虎成了被通缉的重大要犯。逃回老黑山的马虎就带弟弟马龙和马豹落草为寇了。从小就长在深山老林之中，以虎豹为猎杀对象的马氏兄弟，一旦做起胡子，他们的能耐可不同于一般的胡子，出道时间不长，他们就干净利索地干了两个大"活儿"，血洗了久有积怨的县城皮货店铺，还把十平站米粉厂的掌柜的绑了票。这段日子，他们开始琢磨大户人家津家，由于津家有炮手，防备森严，他们一直没找到更好的下手机会。

津家太爷和老爷两代，一向与大股的胡子有不成文的约定，津家也在过年过节的时候贡献出一些"交情礼"，加之津家的势力大，他们与胡子之间基本上处于一种平衡的状态。那个时候，津家仅养一两个炮手，养炮手不是为了对付大股的胡子，而是对付小匪和散兵的。津家大权落到津鼎常手里后，他一改津艮和津游程的做法，认为花那些"交情礼"还不如养一些炮手，自己强大起来是最重要的。所以，短短的半年间，津家大院的职业炮手就增加到七人。

话说马龙和马豹知道津鼎宏是津家的大少爷，他们心里一阵惊喜，真是觉得有山神相助，应了那句老话，踏破铁鞋无觅处，得来全不费功夫。就这样，兄弟二人下了马，对津鼎宏一阵恐吓，把哆哆嗦嗦的津鼎宏给绑了起来。他们的绑法极其简单，也十分适用，有点类似绑猪。用一根细麻绳将津鼎宏的大拇指勒紧，吊到背后，这样，别说津鼎宏是一介书生，就是武功高强的人也难以动弹。

马龙和马豹把津鼎宏扔到马背上,催马就奔老黑山的方向走去。

傍晚,他们才来到密林中一个黑色石砬子下的窝棚前。津鼎宏被扔到满是腐叶和苔藓的地上,他的胳膊已经失去了知觉,两个大拇指也勒掉了皮。

马虎在窝棚里养伤,听马龙和马豹讲了绑津鼎宏的经过,他突然暴怒起来,大骂两个兄弟坏了他的好事。

原来,马虎老早就筹划着对津家下手了,他对津家的情况摸得比较清楚。他知道津鼎宏虽然是长子,但实际上津家的大权在津鼎常的手里,因此,他一直琢磨着绑架津鼎常的大公子,谁想,两个兄弟偏偏没脑子,绑了窝囊废津鼎宏,绑了津鼎宏没好处不说,说不定正中了津鼎常的下怀,借他们的手把津鼎宏除掉呢。

那天晚上,马虎就在松明子火光下闷闷地吸旱烟袋。马虎一言不发,马龙和马豹也不敢吱声,他们来到屋子外,瞅了瞅绑在地上的津鼎宏,心里也觉得窝囊。马龙把一泡尿尿在津鼎宏的头上,身子抖了抖,说:"明天就把他的耳朵送下山。"

三

津鼎宏出事那天早晨,津家大院里是紫色和淡蓝的浓雾,浓雾是浮在地面的,上房和院门楼子露在外面,从院门楼子上望出去，整个沙河沟被白雪覆平一般，远处的老黑山也仅仅遮了个裙脚。

老张头起来给马填草料，他向后房张望着。他想，掌柜的津鼎宏一定起床了，又开始练字了。老张头是个睁眼瞎，不认得字，可他知道，津鼎宏的墨水儿比津鼎常的多。

太阳一丈多高了，津家的人才知道津鼎宏失踪了，大家分头去找，一直找到晌午，找遍了整个津家庄，也没找到津鼎宏的影子。

下午，津鼎宏的两个耳朵被人捎了来，这时，津家的人才知道津鼎宏被报号"占山好"的胡子绑票了。

出乎很多人的预料，津鼎常并没有对津鼎宏被绑票的事袖手旁观，相反，他显得十分气愤，对津鼎宏的安危也异常关心。经过一番商量，津鼎常决定派他的堂弟津鼎誉带一个炮手，背着朱红漆的盒子，盒子里装着一千大洋。那些钱是在老太爷没归天的时候封上的。津鼎常让津鼎誉带去赎津鼎宏。津鼎誉是津鼎常的得力干将，他虽然不愿意冒风险，可津鼎常是当家的，津鼎常的话他不敢违拗。

然而，津鼎誉去了一天，两天，三天，一直没有消息。到了第五天，津家的人彻底失望了，他们有了不同的猜测，一种是"占山好"这一伙山贼没有信义，拿到钱之后就撕了票，并且连累了津鼎誉；还有一种猜测是津鼎誉拐了一千大洋赎金，不知去向。一个月之后，津家开始给津鼎宏和津鼎誉办丧事，一堆衣冢，起了两个新坟。

至此，津鼎宏和津鼎誉就消失了。

春绿秋黄，一转眼就入了深秋，已经是民国二十年（1931）秋天。那年，老黑山出现了一伙报号"熊"的胡子，大当家的是个披长头发的人，外号长毛。这股胡子神出鬼没，手段残忍，搅得老黑山一带鸡犬不宁。那年入秋开始，二十一旅（旅长为绥宁镇守使张治邦）配合地方警察清剿胡子，老黑山境内的胡子大都被剿灭，即便没有被剿灭，也都被赶到苏联境内。唯独长毛一股胡子，毫毛无损，仍频繁地出现在中东铁路火烧警署，杀人越货。

津鼎常不断得到长毛的消息，他知道，他迟早要与长毛有一番较量的。那年初冬，津鼎常在津家庄成立了保安大队，还花重金买了一批德国造的毛瑟枪，他也对舞刀弄枪投入了很多精力。

下第二场雪时，津鼎常陪河南籍的守军关营长在牛信山打狍子，大雪没膝深，狍子都跑到了沿铁路线的高坡处。雪晴之后，山川大地明晃晃的，十分耀眼。津鼎常和关营长一行十人，十分隆重地出了镇子，他们一边吆喝着，一边追赶着高岗子上的狍子，不到一上午的工夫，他们就打了七八只狍子。

傍中午时分，突然从树林里蹿出来五六匹马，马上的人穿着兽皮大衣。还没等津鼎常和关营长他们做出反应，随着两声轻快的枪响，津鼎常和关营长的坐骑就应声倒下。倒下的两匹马均被击中额头，可见枪法了得。枪声一落，喊声就传过来——

"俺是'熊'家的，不想碎瓢（脑袋）的就别乱动。冤有头债有主，俺只找津鼎常。"喊声传过来，关营长他们都吓得趴在雪地里不敢动弹,这一带没有不怕长毛的,营子里的士兵常说这样一个顺口溜:"你不想好死,出门就碰到长毛。"凡长毛想让你死的几乎没有完尸,不是脑袋开花就是脑袋搬家。虽然关营长在很多场合说过,他最想"会一会"长毛,可长毛真的出现了,他早吓得魂飞魄散,全身哆嗦。津鼎常也害怕了,尤其听到对方指名要找他,他吓得扑通一声跌在雪地上,水獭帽子滚出老远。

津鼎常身边有个姓玄的朝鲜族炮手,号称枪法百发百中,他蹲在津鼎常身边,举枪就向来人打去,枪响了,不想,他自己叫了一声,倒在死狍子堆上,血从眼睛处的一个暗红的窟窿里流了出来。津鼎常知道自己麻烦大了,他叫了一个姓马的炮手,猫腰向山坡下逃去。

津鼎常也算头脑清醒,他逃跑的路不适合马,那里原来是一片沙丘,修铁路时,取土挖出了深浅不一的土坑,经雪一覆盖,等于说布满了陷阱。津鼎常这一着果然有效,骑马的胡子并没有追他们,没多大一会儿的工夫,他和姓马的炮手就逃到了铁路大桥下。

那个时候,大沙河还没有完全封上,河的两边是银白的雪,而中间是青黑的水流,水流上冒着雾气。津鼎常在河边停下了,他正犹豫的时候,从水泥桥墩后面闪出三个人来,三个人都穿长袍,戴狐狸皮帽子,其中一个人留着长头发,还有乱蓬蓬的胡子。

津鼎常惊慌地跑到河里,随着咯嘣一声冰裂响,他被卷到刺骨的冰水里。

津鼎常被一个铁钩子钩到岸上，他知道自己完了，就闭着眼睛，死活也不睁开。"把他俩耳朵割下来。"一个人说，话音刚落，津鼎常就觉得两只热乎乎的大手来扳他的头，接着，他觉得脸的两侧唰地凉了一下，然后就有一大股热流冒了出来……

津鼎常听一个人说："把他腰里挂的虎牙也摘下来，和耳朵包在一起，去津家大院取赎金。"

"这小子（指姓马的炮手）怎么办？"另一个人说。

"先留着他，让他带弟兄们去津家大院。"

"我看把他（指津鼎常）扔河里喂鱼算了。"

"那样太便宜他了，等赎金取了，就把他的卵子挤碎，让他活个废人。"

津鼎常觉得声音有些熟，他睁开眼睛，一看对方的眼神儿，他的眼前一黑……

四

津鼎常遇到的长毛不是别人，正是津鼎宏。当初，津鼎常让津鼎誉带赎金去救津鼎宏，实际上，赎金盒里根本没有大洋，他设计陷害他们两兄弟，不想，算来算去却算计到自己头上。人世间的事就是说不清楚，津鼎宏原来胆小如鼠，是一介手无缚鸡之力的书生，转眼间变成了嗜血成性的魔王，他一定经历了常人所没经历的磨难和蜕变。应了当地老人常讲的一句话，地狱可以把魔鬼变成人，人间可以把人变成魔鬼。

长话短说，很快到了1932年，津鼎宏和津鼎常双双被王德林的抗日救国军收编，津鼎常是特别联队的团长，日军打到津家庄时，津鼎常把家眷疏散到牛信山老宅，他带人在大铁桥前与日军激战了一夜，后来，手下一百余人缴了械。当年七月，津鼎常被县参事官岩下乔一请去，此后再没回来。

津鼎常的死对头津鼎宏被收编后任三营营长，驻防六站（今黑龙江省绥阳镇），他身穿军官服，佩戴着上白下红的袖标，黑字写："救国军。不怕死，不扰民。"十分威风。1934年1月，日军大举攻入，驻五站二十一旅旅长关庆禄投降，而东宁县的王德林也率司令部撤离到苏联境内。津鼎宏处于日军的包围之中，他和手下的弟兄们与日军激战了一天，傍晚，他们准备从送仙山一带撤到苏联境内，夜幕降临了，被战火摧残的小镇静悄悄。津鼎宏他们顺利地进入深山老林。然而，从六站撤出十余里之后，津鼎宏突然想起他的狼毫毛笔落在镇里，就坚持返回镇里取毛笔。

津鼎宏回到满是日军的小镇，至此下落不明……

1987年，县中心小学翻建时挖出一块石碑，石碑上刻着"教育救国"四个大字，字体飘逸传神，苍劲大气。据说，此乃津鼎宏之真迹。

宁古塔逸事

小弟叫罗序刚,顺治十八年(1661)成为流人①,帝诏:"籍夺家产,流徙宁古塔。"小弟以为从那一刻起就已告别尘世,虽有人形而无魂魄,真乃一具行尸走肉。

小弟没和你们告别出于诸多的原因,不说谅你们也可理解。现小弟已谪戍宁古塔三年,此刻将戍所之逸事讲于你们,如灵魂有知,必当听到……

那是沉闷的黄昏,罗序刚躺在鞑靼岭的一个没了香火的旧庙里,他一连发了两天两夜的高烧,说了很多在外人听来听也听不太明白的话。直到黄昏酱色出现,罗序刚才发出汗来,汗水把盖在他身上的棉被都湿透了。

罗序刚在昏睡时一定把他流放的路程重新走了一遍,那些大喜大悲的人生经历令他近乎癫狂和沉醉,他是从一种状态下挣扎过来的,就在灵魂往外飞的时候,他终于还是把它呼唤了回来。

第一次踏上关东的土地,罗序刚年方二十三岁,一如他在

---

① 清朝被流放的犯人的官称。

昏睡时所说，他已经对未来的人生绝望了。现在想一想，那时出了山海关，就是一派荒凉的关东大地，不要说冰天雪地的农历二月，就是盛夏季节，比较起"街肆充溢，灯影流歌"的江南也够清冷肃杀的了。

出山海关那天是二月初十，路越来越窄了，满目的景色也越来越苍凉。罗序刚知道，他已经走上了一条不归之路。

押送罗序刚的差人一个叫洪五，一个叫马三。洪五是河南人，马三是河北人，尽管两个人算得上是北方人，可他们对关外一样怕得要死。相对于罗序刚来说，他被流放的过程里，实际上洪五和马三也被流放了，或者这样说，如果没有罗序刚的流放，也许他们就不会摊上这么一个倒霉的差事，而事实上，罗序刚所走的流放路线，他们一步也不能少，必须陪伴到底。当然，换了别的流人，也是需要押送的差人的，不过，那可能就不是他们两人而是别的什么人了。命运往往在巧合中蕴含着奇妙的关联。

所以，洪五和马三就不能不对罗序刚有种天然的仇视，不能不在言行中表现得激烈一些。这样，在他们奔赴可怕而遥远的流放之地的初期，洪五和马三已经把罗序刚作为发泄的对象了。对罗序刚进行非人的折磨，可以使他们两人在极端仇视的心理和恶劣的环境中得到短暂的平衡。罗序刚的身体上如下伤痕成为洪五和马三暴行的证据：胳膊上烟袋锅烫的痕迹，十五个新伤和旧痂表明他们已经出关十五天了，到宁古塔，罗序刚的身上无疑会布满伤痕；被撕破的嘴巴，这是由于罗序刚绝食而引起的后果；两腿内股磨烂的皮肤，作为惩罚，罗序刚的棉裤常是湿的,产生了冻伤,没有及时治疗就溃烂了。此外,殴打的痕迹到处都是,可见洪五和马三的残酷。

在罗序刚被流放之初,他的绝望产生于一种他熟悉的生活的死亡,比如他在江南时罗衣锦缎、美食琼浆、画舫歌赋、艳妓搀扶,当然还有一个更重要的精神因素,在他那个圈子里的文人几乎都把反清当成人生的气节和志向。可他们毕竟是文人,他们的行动激烈而稚气十足,现在看来颇有些哗众取宠或出风头的意思,对他们鄙夷的"蛮族"统治者并没有产生实际的打击效果,而自己却身陷囹圄。说起来奇怪,罗序刚被流放到山海关时,他内心里突然出现了另外一种东西,他觉得自己的命运如此是由于前生积累了很多罪孽,当然,反清除外,他认为的那些罪孽是其他的。所以,他需要在人世间经历磨难,那样他离开这个世界时才可以轻松一些。于是,洪五和马三对他的虐待,名正言顺地被他当成在人世赎罪的一种必然。

事实上,出关第十五天,罗序刚已经无法忍受那非人的折磨了——他以这样的借口为自己开脱——他在人世间的罪已经赎得差不多了。于是,就在他思考这个问题的那天夜里,罗序刚就下了决心,决定告别这个世界。

罗序刚是凌晨两点左右离开驿站的,不巧那天还飘着夜雪,走出十米就看不见人。那天夜里看不到指引方向的星星,罗序刚只能朝着他认定是南方的方向走去,走得肯定没有目的性,如果说有目标的话就是死亡。走到哪里算哪里,什么时候走不动了,那个地方就是通向另一个世界的门槛。

罗序刚并没有走出多远,按现在的计算方法,估计不会超过五公里,他是在一个山脚下停下来的,天上的雪还静静地下着。罗序刚实在走不动了,他闭上了眼睛,安静地坐在雪窝子里等待着生命结束。

不知什么时候,罗序刚看到了淡蓝色的光泽,那是个晶莹的世界,闪烁着五彩的星光。罗序刚以为他已经在向天国行进了。然而,现实很快把他从梦幻中唤醒,他知道自己没有死,而是被雪埋住了,埋得并不深,他身体的温度把靠近自己的那些雪融化并结冰,与此同时,外面的积雪也帮他抵御了风寒。这时,浑身麻木的罗序刚突然流出了大量的泪水……

再说洪五和马三,他们发现罗序刚不在时天已经蒙蒙亮了,天亮时,户外已经不下雪了。东北就是这样,雪停了风就起来了,而早晨几乎是东北冬日最寒冷的时候。洪五和马三确认罗序刚失踪这一事实,他们的腿就软了,穿棉衣时嘴直哆嗦。罗序刚死了,他们就没机会返回老家,并且,他们没有多余的钱买通驿站的掌柜的,一旦驿站的掌柜的把他们渎职的报告递上去,他们就倒霉了。

洪五和马三交换了一下眼神儿,不用商量,他们都知道该怎么做,他们得去找罗序刚。当然,找到活的罗序刚的可能性很小,那他们也要亲眼见到他,见到罗序刚的尸体,他们也就不抱任何幻想了,然后,他们就隐姓埋名,逃回故里。

就在洪五和马三他们找不到罗序刚,无奈地向关内方向潜逃的时候,他们在山脚下突然看到了一个雪人。"我的爷呀!"洪五和马三相互瞅了一眼,快步向罗序刚跑去……

这次经历,改变了他们三个人的关系,洪五和马三对罗序刚不再那么凶了,而罗序刚也不再像以前那样对待洪五和马三。日后他们的关系融洽起来了,罗序刚曾问过两个差人,你们为什么不像以前那样对待我?他们的解释是:你在外头冻了一夜,还没冻坏,可见有神护佑,有神保佑的人都不是一般的凡人。其实罗序刚也明白,重要的是他的命和他们的命运是相关的,只是,这两个差人不说而已。

其实,真正使他们对立双方融洽起来的因素是恶劣环境和共同的命运,而在这其中,重要的是罗序刚懂得了沟通,他选择了一种恰到好处的方式。在充满恐惧和寂寞的漫长路途中,罗序刚开始讲故事,他每天给洪五和马三讲一段,这两个农民出身的差人,几乎没有多少历史知识,听过的故事也寥寥无几,没出两天,他们就被极具表演才能的罗序刚所讲的故事给迷住了。从盘古开天到女娲补天,从精卫填海到大禹治水,还有商汤和妲己,瓦岗寨英雄好汉,唐玄奘西天取经,等等,这样一路讲下来,他们很快体会到路途不再孤独和枯燥了。到出关第二十五天的时候,洪五和马三已不再是罗序刚的老爷,罗序刚和他们的地位平等了,而到了三十五天的时候,罗序刚几乎成为洪五和马三的老爷,他们最不能忍受的就是罗序刚心情不好,罗序刚心情不好他们就不能听到下回分解。不知道下一回人物的命运就像小猫用爪子挠心一样难受,像丢了魂一样不知所措。所以,洪五和马三只能小心地伺候着,伺候也不完全出于无奈,而是转变成一种乐趣,他们心甘情愿去做,特定条件下的罗序刚显示了独特的魅力。

罗序刚也同样在与洪五和马三相伴的流放路途中找回了快

乐。那件事发生在一个天空晴朗的正午,他站在一个山峦逶迤、河床平坦、视野开阔的地方,太阳下,大雪覆盖的世界显得纯洁、透明、辽远。他想起了江南丝竹的缠绵和色彩的俗艳,在奇珍异草的园林里,终日饮酒作乐,花天酒地,兴之所至还自敷粉墨,与优伶歌舞咏唱,不舍昼夜。他曾在奢靡的生活中产生过厌倦情绪,他对好友说,真希望找一个没有人的地方,过简洁质朴的生活。好友说:那是神仙的生活,不是你想过就过得的。现在,这种生活来临了,他却意识不到。想过这样的问题之后,罗序刚几乎发生了质的改变,他常常在别人看不见的地方,发现了美好和快乐。

那年阴历四月,罗序刚和洪五、马三到了"极边寒苦之地"宁古塔。那时的宁古塔已经不像他们想象的那么荒凉了,宁古塔城内有东西大街,人烟稠密,货物客商络绎不绝。流人的生活也不像他想象的那么凄惨,先前流放的流人也可能有过悲惨的遭遇,而到罗序刚来时,流人的境况已经大为改变了。

洪五和马三与罗序刚惜别,三人哭作一团,身材高大的洪五竟像孩子一样,跪在罗序刚的面前,紧紧地抱住他的大腿,还左右摇晃着。罗序刚也学着北方人表达感情的方式,跪在两位差人面前,哭得十分真诚。

到了戍所的流人,身体好的要被派去当水手或站丁,罗序刚身材矮小,骨轻肉单,就被"赏给皮甲为奴",编入旗籍,成为官田佃户。

当时宁古塔的流人,虽名分上为奴,实际上他们有很宽裕的自由空间,在宁古塔三十余家商业店铺中,十之六七是流人开的。而旧日高官张缙彦①在流人中更有"地位",他在戍所"外方庵"成立诗社——"七子诗社",还不改士大夫畜养家乐之风,张家的女曲班有歌姬十人,张缙彦亲任女曲班的曲师,并教授琵琶、笛子技法,表演被先朝视为"正声"的雅部昆曲。诗社成员,朝野知名人士——吴兆骞②,被宁古塔的黑龙江将军巴海请到家中,教其二子学习《尔雅》《左传》《史记》……这些都是罗序刚原来所没有想到的。

罗序刚刚到宁古塔结识的朋友是祁六公子,祁六公子是浙江山阴(今绍兴)人,他是浙江萧山(今杭州)人,算得上是同乡。在浙江,两人虽没有往来,却也彼此知道姓名,见面之后颇有惺惺惜惜之感慨。祁六公子父亲曾是有名的文学家和戏曲评论家,官至兵部尚书,清军破杭州时杀身殉国。后来,祁六公子散发家财,广交豪杰义士,召集先朝遗民,通联在台湾的郑成功,以图复明大业,事发后被定为"通海案犯",流放到宁古塔。

当时,祁六公子和"同案"的朋友李甲不会经商,迫于生活的压力,只好在宁古塔招优儿班,教十来岁的小女孩表演昆曲,那个班共有学员十五六人,就靠到大户人家表演来挣衣食。这个办法似乎是生存状态逼迫出来的,实际上,也算是把

---

① 张缙彦(1600—1671),河南新乡人,明崇祯四年(1631)进士,累官至兵部尚书。清顺治三年,因洪承畴招抚入清,授山东布政司,后迁任工部右侍郎。顺治十七年(1660)因文字狱,被革职流放。
② 吴兆骞(1631—1684),江苏吴江人,少年即以诗名世,20岁被誉为"江左三凤凰",顺治十四年(1657)因科场案受谗,流放于宁古塔达23年之久。

个人的爱好和生存本领较好结合的结果。同样，在祁六公子看来，罗序刚的乐观态度令他惊讶，刚来戍所的人一般都要经过一段"惊魂未定"的痛苦期，并且很多人一直在沉郁中打发日子。罗序刚不同，罗序刚的眼神里有一种超然的东西。

　　转眼春天的气息就浓郁了，大地湿漉漉的。祁六公子邀请罗序刚去满族大户人家关老爷家。关老爷身材魁梧，长得肥头大耳，一脸浓密的连鬓胡子。乍一看，关老爷凶相十足。罗序刚和关老爷寒暄之后，就坐在木制的椅子上看"祁科"班的演出。

　　关老爷表情严肃，可笛子、琵琶悠扬的乐曲一响，他的表情就发生了变化。小优伶粉墨登场之后，关老爷就目不转睛，神情贯注起来。一曲终了，关老爷就和祁六公子、李甲、罗序刚对饮，关老爷笑声爽朗，嗡嗡声直震房梁。

　　罗序刚来宁古塔后喝过当地酿造的水酒，那些酒虽同是五谷所发酵，也许是关东黑土生的粮食有劲儿，酿出的酒也格外浓烈。在关老爷家，罗序刚喝了两杯就觉得浑身发热，热血沸腾，同时也有飘飘欲仙的感觉。关老爷的使女还递给罗序刚一袋黄烟，也叫大烟袋，烟杆有一尺半长，烟锅是生黄铜的，烟嘴是玉石的。烟杆上还系了一个绣了花的布口袋，口袋里装着碎烟，抽几口就在鞋底磕一磕，再从烟口袋里捻上一锅。罗序刚知道抽旱烟是关东的风俗，关老爷家的太太、公子和大姑娘都抽，他被"赏"以烟袋，足见关老爷对他平等看待。罗序刚叨上吸了一口，那烟也格外浓烈，呛得他直流眼泪。他的表情招惹在场的人哄笑起来。

那个时候，满族人的很多礼仪都是和汉族人学的，不像晚清有那么多的繁文缛节，当时，他们还保持很多原始自然的东西。第一次到关老爷家，罗序刚看到，关老爷实际上和夫人孩子住在一铺大炕上，这是他难以想象的。关老爷曾在军队里当过高官，拥有大片的土地，架子和排场却都不大，说话办事还直来直去。

酒至酣处，罗序刚的情绪激昂起来，他觉得自己的脑海里出现了一个怅然若失的红尘世界。罗序刚问祁六公子能否同他和一曲。祁六公子也在兴头，他捻戏中道白腔调，说："正合我意。"于是，祁六公子和罗序刚施了粉墨，换上了戏装，李甲为他们配器，他们上演了一出《七夕会》。

《七夕会》说的是牛郎和织女的爱情悲剧故事，一般来说比较适合民间演出。那个时候罗序刚和祁六公子选了这个曲目，大概和他们环境的变化和心情的变化有一定的关系。祁六公子扮牛郎，罗序刚则扮织女，王母娘娘由李甲临时客串。

那一次，罗序刚真的入了戏，他的每一个身段每一个唱腔都十分匀称，几乎达到了忘我的境地，自己都分不出他是罗序刚还是真的织女，唱到动情处，织女声泪俱下，荡气回肠。一出牛郎和织女的大悲大恸，把人高马大的关老爷感动得泪水涟涟，罗序刚和祁六公子卸了戏装，关老爷还在那儿抽泣。

他们告别关老爷已是晚间掌灯时间，关老爷一直把他们送出了关家大院。初春时节，春寒料峭，关老爷就把自己戴的火狐狸皮帽戴在了罗序刚头上，按理，罗序刚对这么贵重的礼物本该受宠若惊，不想，他却心安理得地笑纳了。

后来，罗序刚也和关老爷成了好朋友，他们常聚在一起"拍曲"，渐渐地，关老爷也可以用大粗嗓子唱上两句，跑起龙套来，跑得浑身冒汗儿。

罗序刚和张缙彦的相识也是通过祁六公子。那年夏天，张缙彦邀请达官贵人、文人雅士到他的"外方庵"观赏女曲班的演出，看演出在边远苦寒之地自是一件热闹的事，也是有身份人社交的一个场所和途径。所以，无论来宾的身份和意识有什么不同，大家心情还都是不错的，见面时忙着打招呼、行礼。漂亮的优伶出来表演昆腔清曲，观台上也不乏交头接耳，窃窃私语。罗序刚坐在张缙彦的后排，京师名士吴兆骞就在他的前面，表面上看他气定神闲，手里还拿了一把绘有春江花月夜的扇子。

月亮升起来，张缙彦的庭院就更有一番格调，池塘月影，树影花香，颇有一种雅韵高致。罗序刚想，在粗糙单调的远边，张缙彦带来这样一种景致也可谓不凡。还有，罗序刚特别喜欢荷花，张缙彦的池塘里有半池荷花，芙蕖与月色婆娑共舞，令罗序刚产生了幻觉，以为自己回到了江南。

女曲班演的多是折子戏的唱段，尤其以明朝梁辰鱼《浣沙记》第30出《采莲》情景交融。而且，清曲的本身也容易让这些流人产生心理共鸣，比如西施（旦）游湖采莲时为吴王夫差（净）唱道："水远山长莫回首……海上征夫犹未还……"就容易产生离愁别绪、郁塞之情。罗序刚倒显得豁达乐观，他已经能抽烟袋了，一边品酒一边吸烟，很有入俗的感觉。

在吴兆骞留给后世的诗篇中，《秋笳篇》之《张坦公侍郎斋中观白莲歌》和《观姬人入道歌》就产生在那段日子。吴公不惜笔墨地对那些场景一一做了描述，比如："素裳欲逐鲜飙轻，粉态愁浸晚云湿；起坐高歌按采莲，笛声嘹亮惊四筵……""共怜飞雪金微外，更有明星玉女来。"

罗序刚的乐观感染了张缙彦，在他的推举下，罗序刚给一个晋商①授馆，类似于现在的家教。这样，罗序刚清闲下来的时间更多了，他虽与七子诗社的"名士"唱和过雅诗，却并无诗作流世。罗序刚去的更多的地方是祁六公子的简宅，他们还一同修改了不少旧折子曲目，罗序刚本人写了一些嬉笑怒骂、荒诞滑稽的曲目。事实上，昆腔经过了罗序刚和祁六公子之手，在宁古塔演出时已经算不上原汁原味了。

那年佛诞日，祁六公子带着他的优儿班，到观音阁参加汇演。他们演出的曲目是祁六公子和罗序刚新编的。观音阁的静今原是名僧函可的弟子，也因事被遣戍，观音阁就是他修建的。这年的佛诞日是关老爷作会，按常规仍在面对西阁正殿的前面搭了草台，新搭的草台"卷棚西山屋顶，四檐飞翘如翼"，檐下用彩布采结额木方，台前两侧各有一个直戳天空浮云的圆柱。草台的对面是观众席，两侧为官人和旗人大户搭了高脚看台，被称为"官厢"。老百姓就只好站在中间的露天场地了。这里也有一个平衡，老百姓虽没有遮雨的"官厢"，看戏却可以站在中央。

---

① 山西商人。

祁六公子的优儿班格外受欢迎，远比同被邀的张缙彦的女曲班受欢迎。这大概与罗序刚改编剧目有直接的关系，剧情更适合宁古塔人了，无论是当地满族人、流人还是商人，他们眼下都是宁古塔人。当然，如果罗序刚没有被流放到宁古塔而仍然在江南的话，他是写不出这样调动所有人情感的曲目来的。

　　罗序刚就是在那个时候认识红罗的，红罗是宁古塔风尘女子中名气最旺盛的，人气也旺。见到红罗之后，罗序刚就动了心思。本来，他在江南就有狎妓之风，罗序刚和一些文人名士也有过很多风流韵事，况且在这流放的苦寒之地，不动风月之念是很难的。还有一点，罗序刚与祁六公子和李甲不同，祁六公子和李甲都携带妻子或小妾，而罗序刚只是光棍一条。

　　红罗出现在草台听曲时并没有注意到这个貌不惊人的瘦小南方人，五天之后，罗序刚到红罗的大炕上表达他的缠绵情话时，红罗还觉得莫名其妙。红罗不同于江南的妓女，婀娜姿态，弱柔似水，红罗长得很结实，她身上散发的是生命的活力与妩媚。所以，在首回交锋之中，罗序刚没对上红罗的胃口，红罗也匆忙地把罗序刚打发走了。

　　妓女是不应该挑客的，但在特殊的环境中也有例外。在男人多女人少的地方就可以例外，况且红罗又是宁古塔当红的名妓，罗序刚的遭遇就没什么奇怪的了。

　　日子一天天地过去了，罗序刚虽然没去找红罗，可实际上他并没有把红罗给忘了。转年三九天，罗序刚在祁六公子处喝酒出来，摇摇晃晃地走在凛冽的寒风之中，不知不觉就走到了红罗的住处。那样的天气，红罗那里是没有男人的。

进了红罗的屋子，罗序刚的酒也醒了不少。红罗见一个小个子男人从外面进来，主动打招呼说："快点烤烤火吧！"

罗序刚就坐在矮凳子上，烤铜盆里的炭火。从"鬼龇牙"的冰天雪地进到暖烘烘的屋子里，而且，红罗穿了一身红色的夹袄，一双眼睛在他面前跳来跳去，这个时候的罗序刚一定看到或者感受到另外的东西。他一个鱼跃跳到炕上。当时，红罗一定觉得罗序刚的举动令她意外。不过，她还是被这个不起眼的小个子的"力量感"给镇住了。她推着力大无比的罗序刚说："别急，咱们先玩嘎拉哈①，你赢了我才行。"

罗序刚什么也不管了，气喘着把红罗摁在了热火炕上……

那次，罗序刚是成功的，他有丰富的经验，他知道红罗这样健壮并且性格直爽、在江南人看来有些硬的女人在他怀里酥软了意味着什么。或者这样说，过去与红罗同衾的男人一般是不会考虑她的感受的，罗序刚与别的嫖客不同。

罗序刚与红罗缠绵了一夜。在这个火候上罗序刚说起了情话，红罗就觉得受用多了。罗序刚离开红罗的时候，红罗说："回头看我啊！别没心没肺的。"——这些都不像妓女的话。

第二年春天（1667），罗斯塔国（沙俄）开始进犯，祁六公子和李甲被勒令役军，赴乌拉（今吉林市）充当水手。祁六公子的优儿班也解散了。当时，宁古塔时局混乱，罗序刚去见

---

① 满族风俗中一种民间游戏，抛布口袋的同时，把四个动物关节骨头摆出规定的形状者为赢。

祁六公子，公子已经走了。

罗序刚因身体条件差没被役军，就抽调当了站丁。不想，进了驿站的第四天，罗序刚就染上了一种热病，高烧不断，浑身虚脱，不停地说胡话。

罗序刚昏睡了三天，高热才退了。高热退了之后，罗序刚也休克了。就在驿站的人觉得罗序刚没有希望了，把他扔在废弃了的旧庙里，想等他彻底咽了气再埋他的那个夜晚，红罗出现了，她将罗序刚放在一个花轱辘车上，拉回了家里。

罗序刚醒来时是在红罗的怀里，他什么都明白了，他问红罗："是你救了我吗？你这个千人压的！"红罗就喜欢他这样说话，当她确认罗序刚真的醒过来时，她破涕为笑，说："是，就是千人压又怎么样？……可从今个儿起，姑娘就让你一个人压啦！"

后来，宁古塔就没了罗序刚和红罗的影子。不过，有人说在乡下见过他们，但那是很多年以后的事了。二十年以后罗序刚和罗红已经是六个孩子的父母。

在宁古塔的一个戏庙柱子上有这样一副对联，写的是："尧舜生、汤武净、桓文丑末、自古来半部杂剧；日月灯、山河彩、风雷鼓板、天地间一大舞台。"传闻是罗序刚的手迹。

很快就过去了几百年，自然界有自己理解时间的方式，山还是绿的天还是蓝的，几百年不会有什么不同。但是，现在到东北的人不会再那么恐惧东北了，尤其是到当年的宁古塔一带，在那里根本就见不到"边远寒苦"，在人们的脸上也看不到恐惧，相反，乐观的人比比皆是，喜欢戏剧的人也非常之多，据说这些都和罗序刚有一定的关联。不过有一点是肯定的，现在的宁安（原宁古塔）肯定有罗序刚的后人——只是多少无法周详。